JN057852

ベッペ・フェノーリオ

アルバの二十三日

楠瀬正浩訳

basilico

ベッペ・フェノーリオ　アルバの二十三日

楠瀬正浩訳

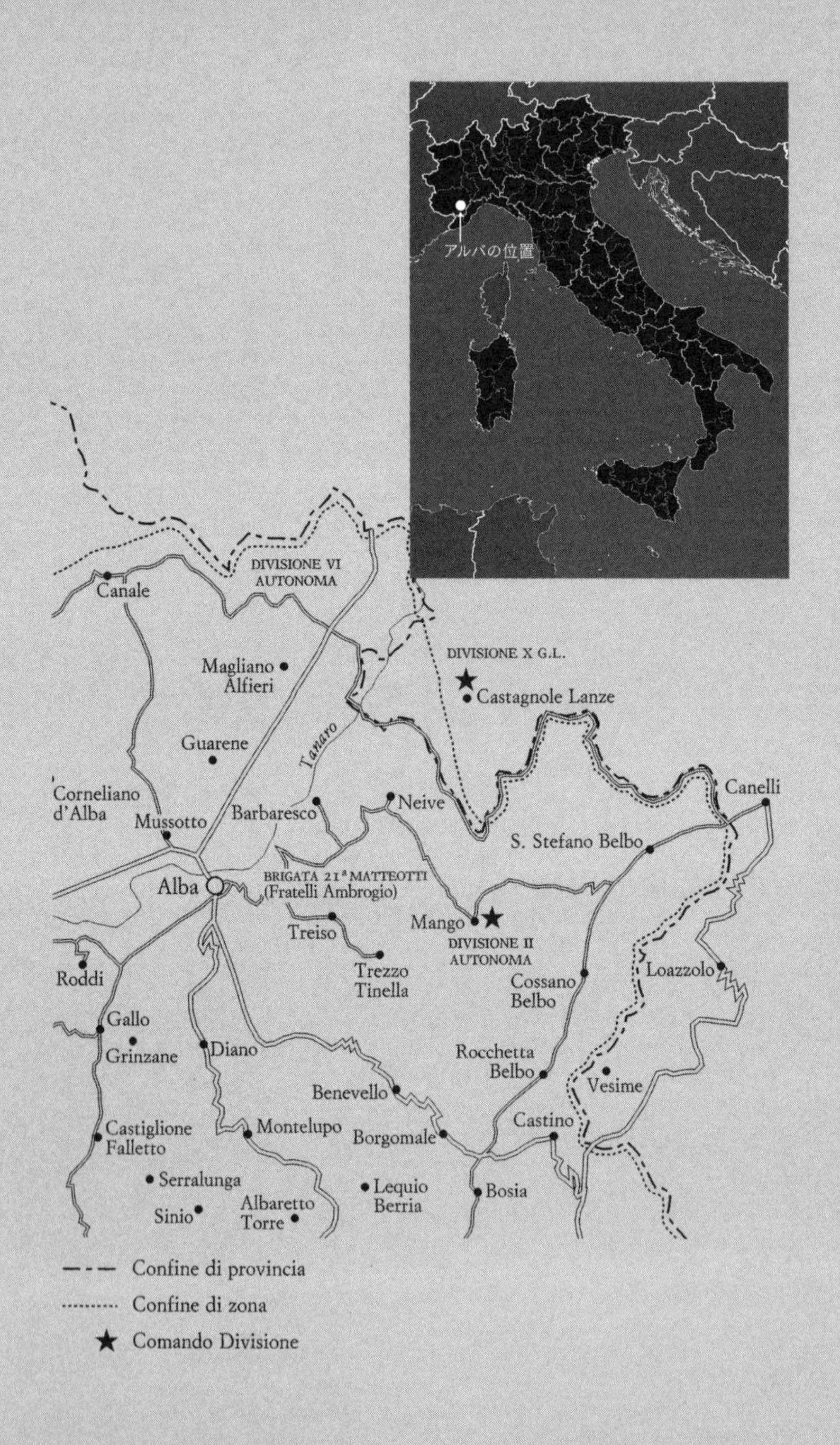

アルバの位置
DIVISIONE VI
AUTONOMA
Canale
Magliano
Alfieri
DIVISIONE X G.L.
Castagnole Lanze
Guarene
Tanaro
Corneliano
d'Alba
Mussotto
Barbaresco
Neive
Canelli
S. Stefano Belbo
Alba
BRIGATA 21ª MATTEOTTI
(Fratelli Ambrogio)
Treiso
Mango
DIVISIONE II
AUTONOMA
Trezzo
Tinella
Roddi
Cossano
Belbo
Loazzolo
Gallo
Grinzane
Diano
Rocchetta
Belbo
Vesime
Benevello
Castiglione
Falletto
Montelupo
Borgomale
Castino
Serralunga
Lequio
Berria
Bosia
Sinio
Albaretto
Torre
Confine di provincia
Confine di zona
Comando Divisione

このつたない訳書を妻・絢子に捧げる。

目次

I

アルバの二十三日

一九四四年十月十日、アルバを占領したとき、彼らは二千名だった。十一月二日、アルバを失ったとき、彼らは二百名だった。

十月上旬、サロ共和国の駐屯部隊は、丘の上から加えられていたパルチザンの圧力に悩まされ、息をつくことも困難となり(駐屯部隊は何週間も前から眠っていなかった。パルチザンは毎晩のように丘を下り、銃を乱射しては大騒ぎを繰り返し、市の住民たちもすっかり疲れ果てて、もはやベッドを離れようとさえしていなかった)、ついに司祭を介してパルチザンに交渉を申し入れた。撤退時の安全さえ保証されるならば、市を明け渡す用意があるというのである。パルチザン側は安全を保証し、十月十日、部隊は市を明け渡した。

サロ共和国の兵士たちはあらゆるものを手にしてターナロ川を渡りながら、後ろを振り返っていた。彼らに代わって市を占拠することになったパルチザンの兵士たちが、すぐ背後にまで追撃してこないかどうか不安だったからである。なかにはそれとなく仲間より前に進み出ようとする者もいたが、それは万一約束が守られずに背後から撃たれたとしても、真っ先に銃弾を受けるのが自分の背中ではないようにするためだった。それから対岸にたどりつき、しかも彼らがたどりついた岸の上にも、もはや土埃が舞い降りてくるくらいにしかならなくなったときに、ようやく全員立ち止まって後ろを振り返り、解放されたアルバ市の方角に向かって叫び始めた。「売国奴、私生児、裏切り者、おれたちは戻ってくるぞ、おまえたちをみんな、縛り首にしてやる」。ついで市からは、彼らが輪になって一点へと駆けよっていく様子が見てとれた。将校たちを慰めようとして集まっていたのである。将校たちは涙を流し、恥ずかしさのあまり死んでしまいたいとすすり泣いていた。それから兵士らは、将校が充分慰められたように思われると、ふたたび市のほうを振り返り、「売国奴、私生児！」などと叫び始めたが、しかしこのときは初めのときよりも、少しは内容のある反撃であった。彼らが送り届けてきたのは罵りの言葉だけではなく、そこには迫撃砲による攻撃もつけ加わり、それが後々、市の屋根修復業者にかなりの利益をもたらすことになったからである。パルチザンたちはドアや玄関のかげに身を潜め、住民たちは地下室に転がりこみ、ふたつの部隊が土手に駆け寄って機関銃で応戦した。戦果は対岸の牧草地の牛を一頭殺したくらいで、共和国兵士らにはなんの損害もなかったが、それでも彼らは足を速めて逃げ去って行った。

すると誰かが大聖堂の大鐘の綱に飛びつき、また他の者たちはアルバ市の他の八つの教会の鐘の紐に飛びかかり、市にはまるで青銅の破片が雨のように降り注いできたようだった。町の人々は、歩みを止めたものも、歩き続けていたものも、一様に肩をすぼめ、首をひっ込め、酔っぱらいかあるいは身体のどこかをくすぐられそうな気になっている人のような表情になっていた。こうして人々はマエストラ通りの壁を背にして、ランゲのパルチザンたちが通り過ぎていくのを目の当たりにしたのである。彼らを目にするのが初めてだったわけではない。アッペンニーニ第二師団がアルバに駐屯していたころ、部隊がランゲのいずれかの地域の掃討作戦から戻ってきたときには、両手を針金で縛られ、鼻をつぶされた一、二名のパルチザンの姿が見られたものだった。しかしそのころはせいぜいひとりかふたりだけで、それがいまでは全員が(さらにそれ以上のパルチザン兵士がいるなどと、どうして信じることができただろう)、しかも元気いっぱいの姿で登場していたのである。

それは近現代の歴史を振り返ってみても、最も型破りなパレードであった。制服の種類だけでもカーニバルが百回くらいできるほどだった。ただのパルチザン兵士が黒いフロックと黄色の条(すじ)帯のついた砲兵隊隊長の盛装用軍服に身を包み、胴周りには大きなホックのついた消防夫の赤と黒のベルトを締めて行進し、見たこともないような奇怪な光景を繰り広げていた。バドーリオ隊の兵士たちは肩に青いネッカチーフ、ガリバルディ隊の兵士たちは赤いネッカチーフをかけ、全員かあるいはほぼ全員が、ネッカチーフに彼らの戦闘名を刺繡していた。市民たちは自転車競技選手の背中の数字を読むように戦闘名を読んでいた。目にされたのはロランドやダイナマイトなど、まことにロマンチックで恐ろしげな名前の数々である。男だけではなく、女のパルチザン兵士たちも行進に加わっていた。男の服装をしていたが、このとき群集の中の幾人かは、「ああ、イタリアよ、情けないことになってしまった」とつぶやき始めた。女たちの顔つきや歩き方は、市民たちがおもわず目配せを交わさずにはいられないようなものだったからである。指揮官たちはこうした点に関して少しも楽観していなかったので、市に下りてくる前の日には、女たちはあくまでも丘の上にとどまっているようにと厳命を下していた。しかし女たちは指揮官の命令など歯牙にもかけず、市に殺到してしまったのである。

一方、隊長たちはすぐに市庁舎に入り、臨時市長代理と協議を開始し、それから市長代理の招きに応じてバルコニーに姿を見せることになった。もっともバルコニーにはゆっくりと向かっていった。守衛が歓迎のしるしに、手すりに立派な旗を掲げるための時間を充分にとるためである。しかし、バルコニーから広場を見下ろしてみると、そこには人っ子ひとり見当たらず、向かいの建物のバルコニーも空っぽだった。側近の兵士たちはマエストラ通りに走り、通りで出会った市民たちを残らず広場へと向かわせた。こうしてようやく百名ほどが集まり、彼らはバルコニーを見上げていたが、しかし両腕はだらりと下げたままだった。そこでふたたび側近の兵士たちは人々の中に紛れ込み、それとなく言葉をかけた。「おいおい、なんで拍手しないんだよ」。するとみんなはいつまでも、しかも心をこめて、手をたたいた。というのも、それまで人々はただただ呆然としてしまっていたからである。バルコニーには非常に多くの隊長たちが登場していたが、その数からするとパルチザンたちは総勢二千名ではなく、二万人であってもおかしくないほどだった。また前列にいた隊長のひとりは、バレリーナのような短いパンツをはき、その上に遠くからだとアーミンのようにみえる毛皮のジャンパーを着ていた。もうひとりは黒いゴム製の、きらきらと輝くジッパーのついた上下揃いの制服に身を固めていた。

そのころマエストラ通りでは見るほどのものはもうなにもなくなり、パルチザンたちは通りのはずれにまで来ると、横道に姿をくらましてしまった。彼らの群れは交差点を過ぎるたびに膨れあがり、後ろには少年たちの取り巻きを従えながら、市にあったふたつの売春宿に駆け込んでいった。さいわい少年たちは宿の入り口で立ち止まり、彼らの目に服装や武器が最も印象的であったパルチザン兵士が宿から出てくるのを辛抱強く待っていた。ふたつの売春宿には八人のプロの女たちがいたが、この日にかぎらずその後の毎日も、彼女たちの働きには戦功賞に値するほどのものがあった。宿の女主人たちのお手並みも見事なもので、彼女たちは料金のほとんどをたくみに徴収していたが、これはなんでも恵んでもらうことに慣れていたパルチザンのような連中を相手にしていたことを思うと、ほとんど奇跡的なことであった。

しかし当然のことながら、みんながみんな売春婦たちのところに押しかけていたわけではない。安というよりも、多くの者は車やタイヤやガソリンを徴発しようと市内を駆けずり回っていた。安全装置が外れたままの武器を振り回し、互いに喧嘩も辞せず、彼らはかなりの数の車を見つけだしては自分たちのものにし、環状の大通りを教習所代わりに使用して、びっくりするような光景を出現させていた。タイヤを転がして通りを走りまわっていた彼らの姿は、公園で輪を転がして遊んでいた昔の子供たちのようだった。こうして誰もがガソリンを手に入れることに血眼になった。最初の日もそれからも、彼らはガソリンスタンドの地下タンクの蓋を外し、アスファルトの上に腹ばいになり、頭を中に突っ込んでいた。「タンクは空っぽだよ、一年前から」とガソリンスタンドの主人たちは言っていたが、パルチザンたちは彼らを憎らしそうに見つめ、表面の反射が見えているからガソリンはあるはずだと言い張った。主人たちはそうした反射は空になったどんな地下タンクにも残ってしまうほんのわずかなガソリンによるもので、これはポンプでも汲みあげることができないということを、なんとか納得してもらおうと躍起になった。するとパルチザンたちは地下タンクに呪いの言葉を吐き散らし、主人たちはようやくタンクの蓋を閉めることができた。ガソリンは個人の家でも見つけることができたが、量はほんのわずかで、パルチザンたちはそれを瓶に入れて運んでいった。大量に見つけることができたのはエーテルや溶剤やテルペンチンなどだったが、彼らはそれらを混ぜ合わせて燃料にしたので、エンジンを痛めてしまった。

また他の者たちは、市の現役かあるいは予備役の将校たちの名簿を手にし、市内を走り回り、将校たちの家に飛び込んでいくときにはいかにもパルチザンといった格好であったが、出てくるときには中尉、大尉、大佐の立派な軍服姿にめかし込んでいた。彼らはすぐに写真屋のスタジオに殺到し、手に入れたばかりの軍服に身を包んでポーズをとっていた。戦闘ですさんでいた彼らの形相は、カメラレンズでさえ怯えさせかねないほどだった。

一方、市立寄宿中学校は司令部として使用され、そこで指揮官たちは市の防衛、食料の調達、あるいは市の行政一般に関する重大な問題に直面していた。彼らはいかにも何ひとつ理解できないといった様子で、なかには会議の冒頭からそのことを正直に告白する者まで現れ、内心では誰もが互いに相手のことを気の毒な奴だと思っていた。何をどのように決めたらいいのか、まったくわかっていなかったからである。それでもとにかく夜が更けるまで、彼らは様々な決定を下し続けた。

パルチザンが市を占領した最初の夜、市民も兵士たちも眠ることはできなかった。戦闘で打ち破ったわけでもない敵から奪い取った町の中では、目を閉じることなど不可能だった。逃げていった守備隊が気を変えたとしたら、あるいは退却の途中で誰かに出会い、気を変えさせられたとしたら、そして退却したまさにその日の夜に、もう一度アルバを取り戻そうとしたら、どうなるだろうか。市民たちは眠れないまま、その日の夕刻時、町が暗くなり始めたころ、新たな戦闘の危険が空気の中に満ちあふれ、家々や通りの様子までもが微妙に姿を変え、騒音も重苦しくなり、アルバに生まれてアルバで育った住民たちの目にさえ、町全体がときどき初めて目にする町のように思われたことを思い出していた。一方パルチザンたちは、丘の上ならば栗の木の根元に座ったままで眠ることができたのに、兵舎の簡易ベッドの上では目を閉じることができなかった。彼らは考えることをやめられず、しかもときどき悪夢のように思われた思考の中で、市がすでに出口のふさがれた巨大な罠であるように思われてならなかった。自分たちが閉じ込められていると いう初めての感覚にとらわれていたからである。町の中を巡回して夜の冷気にあたっていたパトロール隊のほうが、はるかに心安らかに気楽に構えていることができた。

その日は何も起こらず、それから一週間が経過しても何も起きなかった。その間に生じたことといえば、市民たちがパルチザンの多くは立派な若者であり、それゆえ立派な若者ゆえの困った欠点を有し、市の統治に関してはサロ共和国の人間たちのほうがはるかに有能であったということに気がついたということくらいである。またそうした日々のある日のこと、昼食どきにトリーノ放送からは、アルバ市の恥辱は晴らされ、パルチザンによる市の野蛮な支配は覆されるであろう、などなどと、ピエモンテのファシストの隊長たちが次々と言い張る声が聞こえてきた。

十月二十四日の朝、早朝から手榴弾を使って漁をし、今日なお漁師たちの嘆きの種となっている魚の大量死をもたらした川沿いの見張りの兵士たちは、アルバとブラをつなぐ街道の上を、埃が大きな渦を巻き上げて近づいてくるのを目にした。埃とともにエンジンの大音響も聞こえていた。ポプラの木立をとおして、大きなトラックが十二台ばかり、小さなタンクが二台ほど通過して行ったようだった。

アルバ市の上空にはサイレンが響き渡り、市民たちは地下室に飛び込み、守備隊は土手に駆けつけたが、このとき川の上ではすでに最初の銃撃戦が交わされていた。

共和国兵士たちは桃畑と砂地のあいだに五百メートルほどの戦線を展開し、イギリス軍の空爆によって破壊された橋のすぐ下流の、渡河に最も適したあたりに拠点を築こうとしていた。しかしパルチザンたちは機関銃による銃撃を集中し、敵が視界の開けた場所に現れるたびに一斉射撃を浴びせかけ、敵をすべて茂みに追い返してしまった。そのうち敵側は一台のタンクを繰り出し、タンクは芋虫のように砂利だらけの河原に下りてきた。すべての銃口から弾丸を発射しながら、タンクは五十センチほどの深さの最初の水の流れの中に入ってきた。しかしパルチザンの迫撃砲の砲手は八十一口径の弾丸を運よく命中させ、弾丸は車両の真上に落下して、タンクは無様な姿になって退却していった。その後もしばらく小競り合いが続いたが、それもパルチザン兵士たちの昼食が少し遅くなる程度のことに過ぎず、午後の一時に共和国兵士たちは立ち去って行った。もっともそれほど大急ぎだったわけではなく、パルチザン部隊のひとつは川を渡って敵の後衛部隊の最後尾に追いつくことができたが、それでも後衛部隊の全員を捕えることができなかったのは、敵が投げ捨てていった武器を拾い集めるのに時間を取られてしまったからである。

サイレンが戦闘の終了を告げ、午後は美しく晴れ渡り、ウンベルト一世広場には陽光が射し、住民も全員が姿を見せて、彼らはパルチザン兵士たちが、よく知られていた歌を歌いながら土手から戻ってくるのを待っていた。

おお、地上最強のドイツ野郎よ
来られるものなら来るがいい
ファシスト共和国が、お前たちを通しても
俺たちパルチザンは、お前たちなど阻止できる！

午後は休みになることが発表され、人々はカフェに押しかけてパルチザンたちに飲み物を提供した。パルチザンたちはラジオをつけ、トリーノ放送を聞こうとしたが、何も聞こえてこなかったので、「話せ、さあ、話せ！」と大声を上げ、国を愛する女性たちが大勢いたことも気にかけず、放送局のスタッフに卑猥な言葉を投げつけてやまなかった。

しかしその日の夕刻から夜にかけて、多くの人々はパルチザンたちがファシストたちにそれほど手ひどい攻撃を加えないでよかったと思うようになった。激しい報復が避けられなかっただろうからである。

翌日トリーノ放送からは、ピエモンテ州を統轄する戦闘ファッショ県支部長の発言が流され、前日の戦闘行為には触れずに、アルバ市はなんとしてでも一刻も早く真正イタリア国家の手に取り戻されるであろうとする声明が発表された。市ではみんながこれに耳を傾けていたが、支部長の脅しを誰よりも額面通りに受け止めたのはパルチザンたちだった。夜間の土手のパトロールは三倍に増強され、パルチザンたちは神経を消耗させる任務に苦しめられた。夜、川は無数の物音を発し、それらはすべて敵襲を疑わせ、また対岸では多くの明かりが点滅を繰り返していた。市民の一部は町を離れ始め、近所の者には数日を田舎で過ごすと言っていたが、それが季節はずれなことだと指摘するものなどひとりもいなかった。

しかし十月の終わりころ、山には雨が降り、平野部も同じように雨に見舞われ、ターナロ川は、川が立ち上がってしまったのではないかと思われるほど水量が増大した。人々はそこに神意を感じ、洪水による休戦状態のあいだ、大勢で土手に上り、水嵩を見つめ、頭を上下に頷かせていた。昼も夜も雨が降り、夜のパトロール隊は咳をしながら兵舎に戻ってきた。水量はますます増大し、人々は共和国兵士に対する怖れを忘れ、かわりに川のことを怖れるようになった。それから突然、雨は降らなくなったが、それでも水量は依然としてかなりのものだった。土手の上には四六時中、大勢の人々が押しかけていた。ほぼ全員が仕事を休んでいたが、それはこうした状況では、とても落ち着いて仕事などしていられなかったからである。こうした人々の中には第一次世界大戦に参加したかつての兵士らの姿もあり、彼らはターナロ川の様子を見つめては、当時のピアーヴェ川と比較していた。

雨が降りやんだ日、司令部は誰にも知られていない秘密のルートを通じて、共和国が攻撃を仕掛けてくるという情報を入手した。攻撃は将軍たちの指揮の下で、おそくとも十一月三日までには決行されるであろう。司令部は土手の各所に地雷を敷設し、灌漑用の運河の流れを変え、川と市のあいだの牧草地に水を導き入れ、市の入り口にバリケードを築くために召集すべき民間人のリストを作成するよう手配した。司令部はそれ以上の手を打つことはできなかったが、それは報告すべききわめて重要な情報があるという膨大な数の人々の話に耳を傾けることで多くの時間が失われてしまったからである。彼らの多くは共和国軍が駐留していたターナロ川対岸の市場を渡り歩いていた行商人たちで、彼らは地面に顔を向けているだけでも、注意深く周囲を観察することができたのだった。こうしてなによりも明らかになったのは、サンタ・ヴィットーリアの丘の上には一四九口径の長距離砲がすでに設置され、市の防衛が極端に長期化するようなことになったならば、市は徹底的に破壊されてしまうだろうということ、またポッレンツォの川上には渡河用のランチが何艘も係留されているということだった。

しかしながら、最も興味深く、また確実な情報を司令部にもたらしたのは、司教庁の司祭である。それによると、ファシストの隊長たちがパルチザン側の支配地域での会見を要求し、彼らはパルチザンの隊長たちがアルバ市のためを考えて、自分たちの申し出を受け入れることを望んでいるというのである。パルチザンの隊長たちはこれを拒絶せず、指定された日時に護衛の兵士を連れて、問題の焦点になっていたアルバ市からやや離れた会見の場へと出向いていった。ファシストの隊長たちはサロ共和国軍の中でも最も恐れられていた名前の持ち主で、ランチで川を渡ってきたが、このときの彼らの渡河には予行演習の意味がなかったわけでもなく、こちら側にいたパルチザンたちは水嵩の増した川をランチがやすやすと渡ってくるのを見て、すっかり気分を悪くしてしまった。ファシストの隊長たちは船を降り、多くのものは長靴ほどの高さの泥に覆われた岸の上に降り立ったが、何名か年配の太った隊長たちは泥の中にはまり込んで動くことができなくなってしまった。すると護衛についてきていたパルチザン兵士たちの幾名かは、深い泥の中に降り、ファシストの指導者たちを肩に乗せ、それから岸に這い上がって彼らを地面の堅いところに降ろしてやるという、奇妙な光景が現実のものとなった。ファシストの指導者たちは礼の言葉を述べ、ドイツの煙草を差し出し、それから彼らと同等の階級のパルチザンたちのほうへと向かい、兵士たちから離れたところで密談を開始した。

いつ果てるともしれない停戦交渉が始まり、護衛の兵士たちは退屈をきわめたが、それでも結局、言葉は一言も交わされなかったのと同じことになった。ファシストたちはアルバ市を力づくで奪い返す意志はないと明言しようとはせず、パルチザンたちはいつまでも市を守り続けることはできないと思うと明言しようとはせず、こうして双方があくまでも言葉を濁した結果として、アルバの戦いは避けられなくなったのである。泥だらけになったファシストの隊長たちは、ランチで戻るときに「戦場で会おうぜ」と言い、パルチザンはパルチザンで、「望むところだ」と答え、ファシストたちのランチがうまい具合に転覆したりしないだろうかと期待していたが、そういうことにはならなかった。

十一月一日の朝、守備隊のすべての部隊の指揮官たちは司令部に呼び出され、それから正午に解散を命じられるまで、拠点防御、集団行動、視覚通信、などなどの話を聞かされた。結局、彼らはなにもよく理解できないまま司令部をあとにしたのだが、誰もみずから率先して質問しようという決心がつかなかったので、もう一度引き返して、できればもう少しわかりやすく説明してもらおうという気にはならなかった。各自の宿舎に戻る途中、彼らはこのように見栄を張ったことの代償として、恐ろしいほどの内心の疑念に悩まされることになった。ふたつの点だけが明らかだった。つまり、サロ共和国は翌日の未明に攻撃を開始し、その際、彼らはポッレンツォのつり橋を突破しようとするだろうということである。この橋はパルチザンたちが破壊することのできなかったもので、理由はたんにドイツ軍が防御していたからというだけであった。イタリアと連合軍との休戦が成立して以来、ドイツ軍は国王の館に宿営しており、彼らの数はランゲのパルチザンの総勢をまったく気にかける必要がないほどであった。

午後、部隊は隊長たちを質問攻めにしながら町をあとにし、アルバとガッロを結ぶ街道に入り、機関銃と弾薬ケースを積んだ荷車を手で引いて行った。隊長に命じられた場所で停止すると、彼らに防衛が委ねられていた戦線を仔細に確認し、そこに歩哨を残した後で、どの陣地からもちょうど等距離にあったサン・カシャーノの農家の作業場に向かい、そこに全員が集合した。広場ほどの大きさのこの農作業場に、二百名ほどの男たちが集まり、アルバの戦闘の帰趨はほぼ完全に彼らの双肩にかかることになった。彼らは「おお、地上最強のドイツ野郎よ」の歌を全員で歌い、翌日が十一月二日で、すなわち死者の日であるということを、あらゆるやり方で徹底的に冗談の種にし、またこのときは見世物も催された。ドイツ軍から脱走してバドーリオ隊のパルチザンになっていたふたりのポーランド人が、完全に酔いつぶれ、みんなに見ているようにと合図し、農作業場の奥の低い壁の上に空瓶をふたつ置くと、反対側に千鳥足で戻り、ドイツ製の小銃で狙いを定めた。ふたつの瓶は壁の上で粉々に砕け散り、みんなは拍手喝采し、翌日には銃の照星の中でファシストの肉体が砕け散るのだと考えた。このようにして人々は夕べを過ごし、それから各々の部隊はそれぞれの陣営に最も近い農家へと帰っていった。

農家で彼らはパンとサラミで夕食を済ませ、それから横になった。窓の向こうでは不意に夜がおとずれたように思われ、彼らは恐ろしい寒さに見舞われた。外では川が音を立てて、中では呼吸の音が聞こえるだけだったが、一番大きかったのは煙草を吸うために硫黄マッチが擦られる音だった。じつを言うと、彼らの中に成人男子はひとりもおらず、王国軍の兵士であったことがあるものも、おそらく百人中五名程度に過ぎなかった。戦闘を翌朝に控えた夜の暗闇の中で、まだ子供同然だった若者たちの多くは、いままで鶏に向けて発砲することさえ拒んでいたので、いまだに銃を使用したことがなく、このときになって銃を撃つのは難しいのではないか、衝撃が耳に来るのではないか、と心配し始めていた。それから翌日の朝に対決することになったファシストたちのことを考え、彼らが銃の使用に長けているということを認めないわけにもいかず、自分たちの体の表面を撫でさすったり、あるいはたんにワイシャツに触れてみたりしていた。

十二時少し前に司令部から伝令が来て、医療所が墓地の後ろに設けられ、治療にはアルバ市の医学部と薬学部の学生たちが率先してあたってくれるという報せがもたらされた。暗闇の中ではすすり泣きの声も聞かれていたが、しかし伝令が立ち去って三十分もすると、さいわい彼らはみな子供同然だったので、家畜小屋の中や干し草置場では、すでに全員が眠り込んでいた。おまけに何名かの歩哨たちも眠り込んでしまっていた。

十一月二日の朝、四時三十分ころ、轟音が響き渡り、彼らは目を覚ました。干し草置場で寝ていたパルチザンたちは、梯子があるのも無視して、二メートル以上の高さから飛び降りた。司令官たちはまだ眠っている者がいないかどうか、人をやって確かめさせたが、これはたんなる形式に過ぎなかった。年上の者たちがパトロール隊となり、状況を掌握するために出かけて行った。彼らが戻ってきたとき、兵士たちは全員すでに塹壕に入っていた。パトロール隊は、ひとりの民間人の男が地雷原を通り、すぐに空中に吹き飛ばされ、死体となって横たわっていると報告した。この報告を聞いてみんなはにやりと笑い、なかには共和国の連中はやってこないことに賭けると言う者まで現れ、その賭けに応じようとする者もいたが、そんな時間的余裕はなかった。アルバ市の鐘楼が五時を告げていたとき、川では人間によるものか、大地から発せられたものか、あるいは神の意志によるものか、まるでわからないほどの大音響が炸裂し、それとともに戦闘の開始が告げられた。ビアンカルディの丘からはパルチザンの重機関銃がタッタッタッと銃撃を開始し、銃弾が弾道を描いて川沿いのポプラ林の中へ吸い込まれていったが、反撃の効果はそれ以外には見られなかった。

共和国側は歩兵部隊の全員がポッレンツォのつり橋を使って川を渡っていた。彼らがこちら側に降り立った地点のそばでは、四人のパルチザンからなるパトロール隊が、周囲に目を光らせることに疲れて、漁師の小屋に引きこもり、明かりをつけたままポーカーに興じていた。ファシストの兵士たちはその場に来ると、有無を言わさず、手にカードを持ったままのパルチザン兵士たちを撃ち殺してしまったのだった。

アルバ市の上空では市のサイレンが鳴り渡り、塹壕にいたパルチザンたちはこの余計な騒音にうんざりし、司令部のほうに向かって、まるで司令部から彼らの声が聞こえるかのように、「心配するな、ちゃんと聞こえている、心配するなってば。わかっているよ」と叫んでいた。

彼らは夜よりもはるかに元気になっていて、みんな注意深く、真剣に、味方の重機関銃の弾道に視線を凝らし、またファシスト側からの迫撃砲の攻撃によって立ち昇る煙を見つめていた。砲撃のたびごとに、着弾点は確実に上昇し、長い階段を一歩一歩上るように少しずつビアンカルディの丘の頂上へと近づいていった。パルチザン兵士らの予想はきわめて的確だった。彼らの注意力はこうした光景にすっかり奪われてしまっていたので、伝令が移動の命令を伝えにやってきたのは、彼らにとって残念なことであった。伝令によると、土手を見張ることはもはや必要ではなく、いまや全員がサン・カシャーノのラインへと移動しなければならないというのである。このラインはアルバとガッロを結ぶ街道と直角に交わっており、この街道が敵の攻撃の主要ラインであることは明らかだった。彼らが移動を開始したとき、雨が降り始めた。雨脚は激しく、地面はぬかるみ、目的の地点に十分もかけずに到着して機関銃を下ろしたとき、地面は三脚架を支えることができないほどだった。

これが主要ラインで、このラインはちょうどサン・カシャーノの農場の囲い壁に沿っていた。農場の小塔の大窓から、ひとりの指揮官が胸に双眼鏡をぶら下げて身を乗り出し、新たにやってきた兵士たちに向かって叫んでいた。「忘れるな、私が命令するまで撃ってはならない。煙草を吸うな、大バカ者!」と指揮官は怒鳴りつけた。何名かの兵士たちが、注意深く耳を傾けながら、それでも雨で濡れてしまわないように、手のひらで上を覆いながら、煙草を吸い始めていたからである。

みんなは目を凝らしてヴィッラ・ビアンカルディィの重機関銃の弾道を見つめ、銃撃が充分な成果を上げていて、ファシスト側にまだ死者が出ていないということはもはやあるまいと信じていた。ときどき目の前に広がる土地の様子を注意深く観察し、いざというときに泥に足を取られていないように、絶えず足を動かしていた。泥はすぐに膨れ上がり、まるで中に酵母菌が入っているかのようだった。

突然、重機関銃がおびえたように射撃の方向を斜めに変え、丘の足元のほうを攻撃しようとした。サン・カシャーノの塹壕の中では、優秀そうにみえたひとりのパルチザン兵士が、「つまり、あいつらは、気づかれないうちに、すぐ下にまで来ていたのだ」と叫んだ。重機関銃は、気が狂ったように、長々と銃撃を続けていたが、それから不意に銃声は止んでしまった。二分もすると、みんなはヴィッラ・ビアンカルディィでの戦闘はもう終わってしまったのだと思い、迫撃砲による攻撃ももはや丘の斜面に炸裂することはなかった。

七時少し前、優秀そうにみえたパルチザン兵士が「さあ、今度はカステルゲルローネの重機関銃が唸りだすぞ」と言った。みんなは、左側の斜面に建っていた大きな田舎の別荘のカステルゲルローネのほうを見つめた。重機関銃のずんぐりとした砲身が塔の先端部のアーチから少し頭を出しているのが見えていた。サン・カシャーノでは双眼鏡をかけていた指揮官が大きな窓から顔を出して、「さあ、おれたちの番だ」と言い、それ以上は何も言わなかった。

それでも彼らはしばらくのあいだ待ち続け、その間、共和国兵士たちの動きは何も聞きとることができなかった。パルチザン兵士たちは敵の動きを耳で捉えることができなかったので、敵の姿を目にしたいと思うようになった。しかし、この雨と緑の中にどれほど視線を凝らしてみても、敵の姿は見えなかった。そのため、少し時間がたったとき、前方に敵の姿を見ることができなかったので、もしかすると敵はすでに背後に回り込んでいるのではないかと思い、それを確かめるために後ろを振り返ろうとする者もいたほどだった。しかし、そのようなこともなく、敵は激しく降りしきる雨を逃れて、戦場を放棄してしまったのではないかと思われた。というのも雨はいつまでも激しく降り続け、武器はみるみると錆びてしまうような気がしたからである。

互いに顔を見合わせ始めていたパルチザン兵士たちにとって、ある瞬間を境にカステルゲルローネの重機関銃が火を吹き始めたのを耳にしたのは大きな救いであった。重機関銃は激しい銃撃を浴びせかけ、弾丸は斜めの弾道を描いて平原に吸い込まれていった。弾道の傾斜角から、パルチザン兵士たちは共和国の兵士たちが三百メートル以上は離れていないと計算した。そこで彼らはしっかりと配置について武器を構え、瞬きひとつしないように瞼をひきつらせて前方を見つめ、痛みを覚えるほど耳をすまし、双眼鏡を下げた指揮官が大窓から何か言うのを待っていた。指揮官はいつまでも何も言わず、そのためひとりの若者は平静さを失って銃撃を開始し、五、六人がこれに続いて、敵兵士の姿も見えないまま、草原の膝の高さに狙いを定めていた。

反撃はすぐに開始された。眠っているように見えた犬が尻尾を踏まれて、勢いよく飛び跳ねたときのように、迅速にして直接的であった。途切れることのない整然とした一斉射撃が、サン・カシャーノの塹壕の一メートル頭上を通り過ぎ、弾丸は墓地の壁に当たって砕け散っていた。

今度こそ敵は目の前に存在し、ぬかるんだ地面から立ち上がり、あらゆる武器を使用して銃撃を浴びせかけてきた。それでも彼らの照星は泥で曇っていた。いまや敵はついに姿を現し、ミドリトカゲのように緑色でピカピカの軍服に身を包み、全員がきちんと兜をかぶっていた。先頭にいたのはおそらく将校で、彼は直立して、片手で顔の上から雨滴をぬぐっていたが、次の瞬間、まだ立ってはいたものの、もはや両手を使っても、制服の多くの箇所から噴き出してくる血を抑えるには充分ではなかった。

味方はアメリカ製、敵はドイツ製の機関銃を使用し、それらが相まって、かつてアルバの町が耳にしたことのない、最大にして最長時間にわたる大音響を轟かせた。ほぼ四時間ちかく、つまりパルチザンがサン・カシャーノを守り続けることができたあいだ、弾丸の嵐は双方から吹き荒れ、樹木はすべて身を削り取られ、生け垣はすべてずたずたにされ、葦の平原は見る影もなくなり、そしてもちろん死者もでたが、それでも数はさほど多かったわけではなく、このときの戦闘の激しさを、たとえおおよそであれ、物語ることができるほどではなかった。

このようにして七時から十一時過ぎまで、塹壕に立てこもっていた素人の兵士たちは、共和国の精鋭部隊をくぎ付けにしたのである。敵軍の銃撃手たちはホイッスルにしたがって前方に飛び出したり、地面に伏せたりを繰り返していた。彼らは訓練の行き届いた、本物の戦闘員たちであった。

十一時少し過ぎ、ファシストたちが休息しているように思われた小休止の間に、サン・カシャーノにいたパルチザン兵士たちは、カステルゲルローネの木々のあいだにひとりのパルチザン兵士が姿を現し、自分たちに向かって両腕を振り回して、必死に合図しているのを目にした。兵士は下方からは理解してもらえないのをみて、斜面を駆け降り、その間ファシストたちは、おそらくこの兵士の動きを止めようとして銃撃を再開した。パルチザン兵士は泥の中を滑り降りて仲間に告げた。共和国側は平坦部を突破することができないので、すでにカステルゲルローネの正面の丘に移動している。そこでひとまずカステルゲルローネを攻略したならば、しかるのちに高所からサン・カシャーノの背後に回り込むつもりでいる。それゆえわれわれは全員が丘に向かい、急いでカシーナ・ミローリオに集合しなければならない。カステルゲルローネはすぐにでも放棄することになるだろう。そう言うと兵士はもとに戻り、パルチザン兵士たちは塹壕の外に飛び出し、泥の中をわれがちにと丘へ向かい、すでに大股で歩き始めていた。あるものの背中からは弾薬ケースが滑り落ちてしまったが、彼らは立ち止まって拾おうともせず、また後から続いていた者たちも、見て見ぬふりをしていた。

カシーナ・ミローリオの斜面は非常に急で、足は土の上で、まるで蠟の上のように滑り、わずかにつかまることができたのは濡れた草だけだった。前方にいたある者が滑り落ちると、十分かけて登ってきた十メートルを一瞬にして失い、後から来た者の足にぶつかって止まるか、あるいは後の者が避けようとして均衡を失い、こうしてみんなは互いに罵りあいながら、ブドウの房のようになって落ちていった。またある者は、三回、四回と斜面を登ろうとしても、いつも滑って落ちてしまったので、平らなところを通って町のほうへと逃げてしまい、こうして守備隊からはひとりが欠けてしまったのだった。

　彼らは全身泥まみれになって農家の作業場に到着した。カシーナ・ミローリオには司令部があり、戦場用の電話も機能していた。恐怖のあまり茫然となっていた折半小作農たちは、飲み水の入った桶を機械的な仕草で兵士らに手渡していた。

　カステルグルローネで重機関銃を操作していた男たちがブドウ畑を通り、身体をふたつに折りまげて歩いてやってきた。しかし重機関銃はどこにも見当たらなかった。重要な部分が壊れてしまったので、置いてきてしまったというのである。他の者たちはそれを聞いて、あたかも自分たちの周囲から百人の仲間が失われてしまったかのように、心が締めつけられるような思いを味わった。

　正午になり、ある者は武器を持って窓から顔をのぞかせ、ある者は木々の背後に身をひそめ、またある者はブドウ畑の葉の落ちた並木のあいだに陣取っていた。そして共和国の兵士たちがカステルグルローネの緑の木々のあいだから姿を現したとき、彼らに向けて発砲した。迫撃砲の砲弾が屋根を直撃し、煙突が砕け散り、粉々になって中庭に降ってきた。ひとりのパルチザン兵士が窓から飛びおりて敷石の上に駆けつけ、そこで倒れて気を失っていた農婦を助けようとしていた。

　こうした砲火と雨の中で、彼らはさらに二時間にわたってカシーナ・ミローリオを防御し、背後に控えていたアルバ市を守り続けたのである。十五分ごとに副官は電話から離れて、身を乗り出して叫んでいた。「しっかり持ちこたえろ。もうすぐ援軍が来る」。しかし結局、援軍は電話を通してしかやってこなかった。

　同じ日、アルバ市から二十キロメートルほど離れたドリアーニという大きな村では、秋の市が開かれ、広場には千人ほどのパルチザン兵士がいたということである。しかし彼らは射的を楽しみ、女の子をからかい、飲み物を飲み、アルバ市の戦闘の大音響を、いとも無頓着に耳にしないでいることができたのだった。

　こうしてアルバ市は、一九四四年十一月二日午後二時、敵の手に落ちてしまった。

　退却の合図をしたのは司令部の指揮官である。指揮官は赤い狼煙を打ち上げ、狼煙は鉛色の空に鮮やかな曲線を描きだした。合図の意味はファシストたちにもわかっていたようだった。彼らは不意に集中砲火を中断し、銃撃をまばらに繰り返すだけになった。

　みんなはすでに武器と弾薬ケースを肩に担いでいたが、いつまでも気持ちの整理をつけることができず、身をひそめることもなく、堂々と農家の作業場を歩き回っていた。みんなアルバはもうだめだと思っていたが、市を二時に失うかわりに、三時とか四時とか、あるいはさらにもっと遅くなってから失うのとでは、大きな違いがあると思っていた。そのため指揮官は大きな声を出さなければならなかった。「退却だ、退却しろ、でないと、みんな取り囲まれてしまうぞ」。指揮官は小学校の生徒たちを相手にしている女教師のように、一番ぐずぐずしていた兵士たちの後ろに走ってやってきた。

みんなは丘を下り、多くのものが涙を流し、また多くの者が呪詛の言葉を発し、頭を振りながら、遠くで幼子のように震えているアルバを見つめていた。

ある者は歩きながら手に泥をつかみ取り、その泥をこっそりと顔に塗りたくっていた。戦闘の激しさを物語る証拠が、まだ充分ではないと思っているようだった。というのも、退却の道筋は市が田園地帯に接しているところを通過しており、その辺りにはまだ多くの家があって、そこでは彼らの姿が多くの人々、とりわけ女たちや娘たちの目に触れることが期待されていたからである。しかし彼らがそこに姿を現したとき、サントゥアーリオ通りには、道の続くかぎり、人影ひとつなく、このことはこの恐るべき一日の中でも最も残酷な衝撃のひとつであった。ただ、小さなドアの陰から五十歳を過ぎたくらいの婦人が姿を現し、彼らの姿を目にしてわっと泣き出し、それから彼らが目の前を通り過ぎていくのにしたがって、ひとりひとりに「よくやったわ」と声をかけていたが、そのうち両開きのドアの片側の背後からは、彼女を呼び戻そうとする怒気をふくんだ夫の声が聞こえてきた。

みんなはサントゥアーリオ通りを横切り、小道沿いの小川の流れを川上へと向かい、ランゲへと続く最初の一段にあたるベルモンドの丘を登り始めた。丘の中腹で立ち止まり、振り返ってアルバの町を見下ろした。大聖堂の鐘楼が二時十分を告げていた。町からは彼らのところまで傲慢なざわめきが伝わり、遠くからでも窺うことができたピアーヴェ通りの一部を目にしたとき、そこを二台のタンクが通過し、その後さらに二台が通過し、どのタンクのハッチからも、ヘルメットをかぶった頭が出ているのが目撃された。「おい、見てみろ。やつらはタンクを持っていたのに、使いもしなかったんだ」

パルチザンたちはふたたび登り始めた。雨は止んでいた。ファシストたちは町に入り、各自が気ままに教会の鐘を鳴らしに走っていった。

2 片道切符

マンゴの機械仕掛けの鐘楼が錆を落とすような音を軋らせ、朝の五時を告げ始めたとき、二時間ほど見張りを続けていたビンボは岩山の頂から駆け下り、仲間たちが眠っている農場に走って行った。黒い空はしみが抜けるように明るみを増しているが、下方の農場はまだ長方形の幻のようである。

ビンボはそっと家畜小屋に入り、ドアを半開きにし、差し込んでくるわずかな光を頼りに、ネグスを探してそばに近づいていった。

ネグスは一番いい場所で寝ていた。大きな飼葉桶にもぐり込み、掛布団も使っている。もっとも、それも使い古された鞍敷きにすぎず、尿と車輪油の匂いが漂っている。ビンボは手を伸ばして起こそうとしたが、ネグスはもう眠っておらず、先を制して言った。「おれのことはいい。もう起きている。他の三人を起こせ」

ビンボは眠っている仲間たちの体を跨ぎ、コロンネッロとトレーノとビアジーノを探し出し、ひとりひとり起こしていった。それから、三人が渋々立ち上がり、シャツをズボンの内側に押し込み、まだ眠ったままの他の仲間たちを恨めしそうに眺めているのを見つめていた。三人が武器を身につけ始めると、ネグスのところに戻り、召使のように、ネグスの体から藁屑を払い始めた。

みんなは寝ていた敷藁からレンガの床に降り、農作業場に出ていった。それから遠方に足をのばそうとしている人の足取りになり、細い道に入っていった。コロンネッロは空をちらりと見て言った。「いい天気になりそうだな。それだけでも結構なことだ」

一行は細い道からネイヴェの大きな通りに出た。道が広くなったところで、ビンボはネグスの横に並び、しばらくしてから言った。「なにもかもうまくいって戻ってきたときに、モーガンがどんな顔をするか、楽しみだな。あいつがなんて言っていいかわからなくなってしまうところを、一度くらい見てみたいもんだ。今日こそ、あいつを黙らせる絶好のチャンスだ」

ネグスはビンボのほうを見ないで言った。「モーガンの悪口を言うのはいい加減にしろ。おれだってあいつの部下なんだ、おまえだってあいつの部下でいられるだろう。モーガン相手に調子に乗るもんじゃない。あいつは二十二歳で、一人前の男だが、おまえはまだ十五歳のヒヨッコじゃないか。パルチザンになってからは、長いかもしれないが」

ビンボは肩をすくめて言った。「我慢ならないのは、たかだかモーガンのような奴が、おれたちのような者に命令しているってことだよ。あいつが馬鹿だってわけじゃないが、おれたちのほうが、あいつにはもったいないくらい優秀なんだ。あんたがあいつの部下だから、おれだってあいつの部下だけど、いつまで我慢できるものやら。ただひとつだけ、あいつを我慢できることがある。ネグス、あんたがときどきおれたち四人を連れ出してくれて、おれたちだけで、勝手気ままにやらせてもらえるってことだ」

ネグスはビンボに答えず、後ろを振り返り、トレーノとコロンネッロとビアジーノがどの辺にいるのか確認した。三人は、休日に付近を散歩している田舎の若者たちのように、道幅いっぱいに広がって、ばらばらに歩いていた。

一行はネイヴェに向かって、さらに少し道を下って行った。ビンボはネグスの様子をそっとうかがった。ネグスの表情は暗く、苦々しげだった。ビンボはどんな話がネグスの興味をひくことができるか考え、名案を見つけたと思って言った。「あのさ、ネグス、おれは昨日、カルメンチータを見かけたよ」

ネグスは通りの石ころを強く蹴り上げて言った。「そいつぁ、いい話だ。ところで、あの女を見かけなかった奴なんて、どこかにいるのか?」

「だけどさ、おれはあの女が窓辺で髪を梳かしてるところを見たんだよ。ピンクの肌着姿でさ、両腕を上にあげていてさ。もっともあの女は金髪なのに、腋の下の毛が黒いってのはどういうわけだろう。あんたはカルメンチータを見るのを楽しみにしていたけど、あの女はモーガンに会いに来たんだってさ」

ネグスは一瞬、ビンボを睨みつけた。すぐには、何をし、何と言ったらいいのか、わからなくなってしまったようだった。それからビンボの首に一発お見舞いして怒鳴りつけた。「くたばりやがれ、おれにそんな口を利く奴は！」

コロンネッロは後ろからこの様子を目にし、前方にいたネグスに大声で言った。「そうだ、ネグス、やっちまいなよ。その生意気な野郎をさ。自分を何様だと思ってんだか知らねえが、やっちまいな」。しかしビンボはすでに前方に飛び出して走り続け、どんどんと離れていった。反対にネグスは歩みを緩め、そのうち他の三人と一緒になった。

マンゴとネイヴェの中間で、道は長いヘアピン・カーヴの連続となり、道なりに歩いていくのは面倒だった。しかしそれぞれのカーヴ地点は、階段のように直線的で傾斜の急な近道でつながっている。ビンボは必ず近道を通り、下のほうで立ちどまり、他の四人も近道を通るかどうか見上げていた。しかし四人は広い道から離れようとしなかったので、ビンゴは苛ついて足を踏み鳴らし、最後の近道の入り口で車止めに腰掛け、四人が下りてくるのを待っていた。ようやくみんながそこまで来ると、ビンボは立ち上がり、近道に入ろうとした。しかしコロンネッロはビンボの腕をつかみ、広い通りに連れ戻して言った。「いいか、このやぶ蚊野郎、おれたちは死にに行くかもしれないんだぜ。それなのに近道を通って行こうだなんて、頭の足りない奴のすることだ。おれたちと一緒に歩け。ところで、おまえの妹ってのは、どんな奴なんだ？」

ビンボはコロンネッロの手を払いのけて答えた。「妹のことならおれが保証するよ。安心しろって。やるべきことはちゃんとやる。妹はおれたちに負けないくらい、立派なパルチザンなんだ」

「おれたちに合図するくらいの勇気はあるんだな？」

「この計画を思いついたのは妹だぜ。計画を思いついて、自分の役割を引き受けたんだ。勇気があるに決まってるだろ。それにおれだって考えたよ、こいつは妹にとって少しも難しいことではないし、危険なことでもない。後になってあいつらがなにかあやしいと思って、妹を問い詰めたって、こう答えりゃいいんだ。私に何ができるでしょう。あの居酒屋のそばの家の女中だからって……。それからもしもあいつらが、妹が窓のところで動いているのを見たと言ったって、こう答えりゃいいんだ。私は窓のところでマットレスをたたき、下着を干していたんですって……。あいつらにそれ以上、なにが言える？」

五人が到着したとき、ネイヴェの村はまだ寝静まっていた。それでも駅の向かいの旅館の一階には明かりがついていた。みんなはそこに入り、パンとラードをもらい、外に出てアーケードの下で食べ始めた。食べ物と一緒に朝の空気を噛みしめ、ちらちらと空を眺めたり、家々の閉まった窓を眺めたりしていた。

ビンボが食べながら言った。「妹はこんなことにも気づいたんだ。共和国の准尉がいて、いつもアルバ近くの丘をあちらこちら歩き回っているらしい。そいつは猟に夢中で、いつも軽機関銃と二連発式の猟銃を持ってるそうだ。そう若くもないらしいが、妹が言うには、しっかりした奴らしい。どうってことないだろう。罠を仕掛けて、機関銃と猟銃を奪ってしまおう。機関銃はおれたちのものにし、猟銃は誰かに売り払って、金は山分けにするんだ」

トレーノは食べ物を一口飲み込んで言った。「そりゃ簡単だろう。ただおまえの妹は、その准尉のことを、逐一伝えてくれないとな」

ネグスは、すでに四人が准尉に関する計画を練り始め、その日の朝の計画を忘れかけていることに気づいた。そこでくぎを刺した。「准尉のことは今度でいい。今日、おれたちの邪魔にならなければな。さあ、出発だ」

コロンネッロは残っていたパンとラードを指さしたが、ネグスは相手にしなかった。「歩きながら食べろ。それくらいできるだろ?」

「グラッパをもうちょっとやりたかったんだがなあ」

ネグスはそれも許さず、さっさと歩き始めた。

五人は村の出口でネイヴェ駐屯部隊の歩哨に出会った。彼らと同じバドーリオ師団所属の兵士である。歩哨は彼らに尋ねた。「マンゴの五人だな。どこへ行く?」

コロンネッロが答えた。「おれたちはアルバのファシストに殺されに行くところだ。気をつけなきゃいけないのは、どの辺からだ?」

「トレイソから先だ。トレイソまでは、まだおれたちが押さえている」

五人が二十フィートほど離れたとき、ビンボは歩哨のほうを振り返り、後ろ向きに歩きながら大声を出した。「ヘイ、腰抜け野郎のパルチザン。どうしたら本物のパルチザンになれるものか、よく考えろ。ネイヴェで見張りをしているからって、パルチザンのつもりなのか? 少しはおれたちをみならったらどうだ。腰抜けの臆病者、おれたちはファシストを見つけに、ファシストのところへ行くんだぞ。こっちだ、こっちのファシストたちのところに行くんだ」。ビンボは狂ったように腕を振り回し、トレイソとアルバに向かう道を指さした。

コロンネッロは、歩哨が何か言いかえすのを待っていたが、歩哨は口をあんぐりと開けたまま、何も言えなかった。五人の中でも、最も年少の男の口から飛び出してきた罵詈雑言の数々が、何のことかまったくわからない様子だった。コロンネッロはにやりと笑い、ビンボを指さしながらみんなに言った。「こいつはまったくもって、正真正銘のくそがきってとこだな」

トレイソの周囲にも村の中にも、住民の姿はひとりも見当たらなかった。アルバが敵の手に落ちて以来、トレイソに守備隊はいなかったので、一行はパルチザンに会えることも期待していなかった。五人は教会前の小さな広場の中央で立ちどまり、両足を広げて地面を踏みしめ、各人がそれぞれ四方の様子をうかがった。アルバに近づくにつれて、コロンネッロは腹痛のような痛みが体内で膨らみ始めるのを感じていたので、額にしわを寄せ、カービン銃を肩からそっと地面に下ろした。

小さな広場からは、左手にランゲの一部、右手にターナロ川対岸の丘陵地帯を見渡すことができる。丘陵地帯のかなたに平野が広がり、その奥に大きなトリーノ市が位置している。朝霧がゆっくりと上昇し、下から上に向かって衣服が脱ぎ捨てられていくように、丘陵地帯が姿を現し始めている。

ネグスが自分自身に語りかけるような口調で呟いた。「この世界は、平和に生きるためにあるんだ」

コロンネッロは慌てて言った。「おい、ネグス、なんか具合が悪いんじゃないのか。だったら、今日じゃなくたっていいんだぜ」

ネグスはわれに返った。「そんなことは言っちゃいない。おれたちは一息入れようと思って、立ちどまっただけだ。もう一休みしたんだから、先を急ごう」

村の他の部分とすぐ外側の田園地帯にも人影はなく、周囲は墓地のような静けさだった。動物も見当たらず、にわとりも歩き回っていない。ようやく、通りを見下ろす位置にある農場の作業場に、ひとりの老人が姿を現した。老人も彼らに気がつき、先に言葉をかけてきた。「アルバのほうへ行くのかね？　あんたらパルチザンは」。ネグスがうなずくと、さらにこう言った。「それじゃ平らなところに出たら、道を離れて、畑の中を通って行きな。歩くのは楽じゃないが、それだけ危険も少ない」

「どんな危険があるんだ？」。ネグスは上を見上げて尋ねた。

「騎兵隊が来るかもしれねえ。アルバのファシストたちは、この時間になるといつも騎兵隊を巡回させている。日によって方角は別だが、今朝あたりはこっちかもしれねえ」

ふたたび歩き始めてからも、五人の頭の中では老人の言葉がこだましていた。ビンボが言った。「だけどなんだって、あいつらのところに騎兵隊なんかがいるんだ」。トレーノも言った。「騎兵隊なんて、いまどきいやしねえだろ」

ネグスは何も言わなかったが、それでも足を速めた。それから一行がサン・ロッコの小さな谷にさしかかると、道を離れ、ブドウ畑に入り、アルバから数えてふたつ目の丘を登り始めた。みんなは山道に視線を落としていたが、耳はぴくぴくと震えていた。しばらく耳をそばだて、それでも馬の蹄の音はまったく聞こえなかったので、トレーノは頭を上げて言った。「あの年寄りは出鱈目を言ったんだ。帰りにあいつに出会ったら、パルチザンに出鱈目を言うと、ためにならねえって言ってやろう」

アルバは非常に古い町だが、丘の上から眺める者の目に、家々の屋根は真新しい屋根のように赤く映えて見える。

ようやくアルバが見えるようになり、一行はネグスの命令どおりに、木々の陰に身を潜めて市を見つめていた。アルバを占領したときも、守っていたときも、みんなはモーガンと一緒だったので、誰もがそのときのことをそれぞれに思い出していた。しばらくしてビアジーノが言った。「たった二週間前、おれたちは中にいて、あいつらはあっちだったんだ」。そう言ってターナロ川の左の狭い平地を指さした。「おれはあいつらなんか来ないだろうって、賭けるところだったんだがなあ」

コロンネッロが言った。「アルバを取られたことなんて、おれにはどうでもよかったよ。町の中で、おれは気分が悪かったからな。ネズミのように閉じ込められて殺されるんじゃないかって、いつもびくびくしていたもんだ」

ビンボは反論した。「アルバは別世界だったよ。歩道の上を歩けるってだけでも、最高だった」

コロンネッロは言い返した。「おれにとって本当によかったのは、売春宿があったってことくらいだな。それ以外には、おれはどんな町の中にいるよりも、岩山のてっぺんにいるほうが快適なんだ」

五人は飛び跳ねるようにしながら、少しずつ前進し、口を利くかわりに合図を交わしあい、丘を半分ほど下って行った。十一月の田園地帯に、身を隠せるようなものはほとんどなく、しかも丘は市の真向かいに位置していた。みんなは葦原に身を潜めた。背中を丸め、膝に手を当てたままの姿勢で、ネグスはビンボに言った。「さあ、ビンボ、よく見るんだ。自分の位置がわかるか。妹が女中をしている屋敷はどこだ?」

「壁が空色で、屋根のとんがっている家が見えるだろ? それが妹のいる屋敷だ。居酒屋はそのすぐ下だ」

五人は葦原を離れた。動き続けているあいだ、コロンネッロはぶつぶつ言っていた。「よし、よし。ただおかしなことにならないようにな。状況をしっかりつかんでおこうぜ」。彼は排便の欲求に苦しんでいたが、ひとり取り残されるのを恐れて、立ちどまろうとしなかった。一行は前進と停止を繰り返しながら、身を隠すものが何もない距離を少し進み、それからふたつのキンゴウカンの茂みのあいだに、埋もれたようになっている小さな道を見つけ出した。その小道に入り、しばらく進んでいくと、前方に大きな葦原が見えてきた。ビンボはためらわずに言った。「お誂え向きだ。あの葦の中に隠れよう。あそこからなら、屋敷も居酒屋もよく見える」。最初にビンボ、次に他の四人が、体を半分に折り曲げ、武器を構えながら葦原に向かっていった。小道を見下ろす高台の上に一軒の家があった。張り出し廊下から、女が桶の水を農作業場にぶちまけている。女は偶然彼らに気がついたが、すぐにパルチザンであるとわかり、迷惑そうな表情になった。ビアジーノは立ちどまり、注意深く女の様子を伺い、それから唇に指を当てた。そのまま姿勢を崩さず、女がビアジーノの意図を了解し、指示に従うという合図を頭で示すまで待ち続けた。それからビアジーノも急いで葦原に飛び込み、なんとかビンボの説明を聞くのに間に合った。

三十フィートほど正面前方に中庭があり、その奥に居酒屋の裏に通じている出入り口があった。すぐ右手が屋敷の正面で、窓がひとつ開いている。

彼らは恐ろしく窮屈な姿勢になり、濡れた地面に膝をついていた。葦はびっしりと茂り、葉は固く、少しでも体を動かすと、上空のカラスの鳴き声のような音を立てた。

コロンネッロが言った。「これからどうなるか、しっかり注意してないとな。なにしろこんな葦の中じゃ、網にかかった魚も同然だぜ」。排便の欲求が高まり、コロンネッロは絶えず臀部をよじり、ときどき苦しそうに顔をゆがめていた。

ネグスが言った。「ビンボ、おまえは窓から目を離すな。ビアジーノ、おまえはアルバのほうを見張っていろ。おれたちは居酒屋を見張っている」

五人がそのようにしていると、少ししてビアジーノが、「みんな、こっちを見るんだ」と低い声で言った。ビアジーノの指の先のほうで、武装した三人の男たちが、外郭の環状道路を悠然と下りてくるところだった。道は遠くて低い位置にあり、空気中には、日中に町の中から立ち昇ってくる騒音がこもっている。それでも五人は、アスファルトの上の三人の兵士の歩調を、はっきりと聞き分けることができた。

ビアジーノは唾を飲み込んで言った。「パトロール隊だ。おれにはカービン銃がある。ここからあいつらを撃つことができる」。ビアジーノは葦のあいだで銃を水平に構えた。「撃ちゃしないよ。ただあいつらをちゃんと狙えるかどうか、試してみるんだ」

ビアジーノは銃身を少しずつずらしながら、遠くを歩いている三人を照星で追い続けた。このくらいの距離からだと、兵士たちは操り人形のように見える。狙いを定めているだけで、撃つはずはないということは、みんなにもわかっていた。それでも四人は息を止め、魅入られたように、照星の切込みの後方で大きく見開かれているビアジーノの目、小刻みに震えている銃身の先端、遠方にいるパトロール隊を、交互に見つめ続けた。そのうちネグスはビアジーノの銃の上に手を置いて言った。「もういい。どうせおまえにあいつらは撃てやしない。手が震えている」

大聖堂の鐘が九時半を告げた。

同じころ、兵舎に利用されていたフランチェスコ会の神学校から、ファシスト共和国の軍曹がひとり表に現れ、五分ほどでケラスカ門の検問所までやってきた。並木道の最初のプラタナスの木の幹を背にして監視所がおかれている。路上の機関銃は丘に通じる広い通りの最初のカーヴに銃口を向けている。まだ少年のような兵士たちが、四、五名任務に就いている。軍曹を迎えたときの彼らの態度は、隊長を迎えたときのようだった。

　軍曹はタバコに火をつけ、一服目の煙を正面の丘に向かって吐き出しながら訊ねた。「丘の様子はどうだ?」

　ひとりの兵士が答えた。「動きはなにも見られません、軍曹。それでも私どもは、常に警戒しております」

もうひとりの兵士が言った。「ご安心ください、軍曹……」。しかし軍曹は口からタバコを離し、もしも世の中にいつも安心している人間がいるとしたら、それこそこの自分にほかならないということを、新米の兵士が確実に理解したと信じられるようになるまで、しばらく相手を睨んでいた。

　それから軍曹はゆっくりと機関銃に近づき、身をかがめ、狙いがどのように、どのあたりに向けられているか、時間をかけて点検していた。次いで身を起こし、タバコを吸い、丘に向かって煙を吐き出した。それから突然、タバコを投げ捨てて言った。「いいか、おまえたち、おれは少し丘を歩いてくる」。軍曹は横目で、兵士たちが称賛のまなざしで自分を見つめていることを確認した。「ときどきおまえたちがおれのほうに目を向けて、少しのあいだおれの姿が見えなかったとしても、心配することはない。マスカットワインを一杯やりに、三番目の角の居酒屋にいるだけだ」

たったいま軍曹に睨みつけられたばかりの兵士が、丁重に申し出た。「軍曹、わたくしのカービン銃をお持ちになられますか」。しかし軍曹は、ポケットから大きなピストルを半分ほど取り出して見せ、大通りを歩き始めた。

軍曹は最初の曲がり角で、すばやく検問所を振り返り、兵士たちが忠実に自分を目で追っていることを確かめた。これに満足し、歩調を緩め、さらに大きな感銘を兵士たちに与えるためには、いちいち頭を左右に向けるべきではないと考えた。それでも頭部は固定したまま、両目をセルロイドの人形のようにぐるぐると動かしていた。人影はまばらで、ほとんどが女たちだった。男がひとり二番目の曲がり角で、軍曹が突然目の前に姿を現したのに驚き、馬のように横に飛び跳ねたが、すぐに気を取り直し、それから神学生のように、びっくりした自分が許せないといった様子で歩いて行った。

そのころ、三番目の角の居酒屋の裏手の葦原では、五人のパルチザンが湿った地面の上で、固くなった膝の痛みをこらえながら、近くの路上に兵士たちの足音はもう響かないだろうと考えていた。コロンネッロはようやく排便を済ませていた。ただ、そのために遠くまで行く勇気はなかったので、半時間ほど、他の四人から呪いの言葉を浴びせられていた。ビンボの妹はすでに二回ほど窓辺に姿を見せていた。それでも白いものはまだ何も振っていなかった。彼らのほうに視線を向けているだけだったが、顔は半分窓枠の陰に隠れていたので、下からは異常なほど大きく見開かれた漆黒の瞳がひとつ見えているだけだった。

コロンネッロが言った。「ビンボ、残念ながら君の妹は間違ってたようだな。この居酒屋は、ここから裏口を見ていると、正真正銘の安酒場じゃないか。ファシストたちはおれたちのような文無しじゃない。その気になれば、アルバで一番立派なカフェで、なんでも飲めるんだ」

ビンボは言った。「あいつらがここに来るのは、たぶんうまいワインがあるからだろう。でなけりゃ、きれいなウェイトレスでもいるんだ」

ビアジーノはカービン銃の銃身を叩きながら言った。「おれの願いはただひとつ、ここにくる奴らが自動小銃を一丁くらい持ってるってことだ。このカービン銃にはうんざりだぜ。恥ずかしいったらありゃしねえ。おれは連射できるやつが欲しいんだよ」

軍曹は三番目の角まで来て道を渡り、居酒屋に向かっていった。渡りながら隣の屋敷を見上げた。窓際で小娘がひとり、蛇のような両眼を向けている。軍曹は興味を惹かれ、さらによく娘を見てみたが、一見したところ、同じように強いまなざしを送り返すには、まだ充分成熟しているようには思われなかった。

軍曹は居酒屋に入っていった。店の入り口には、このあたりのどの店にもあるような呼び鈴がかかっている。呼び鈴が鳴っているあいだに、主人がカーテンの後ろから頭を出し、ついで全身を現した。軍曹が店に来たのは初めてではなかったので、強制捜査とか尋問とか、あるいはそれ以上に厄介な何かを恐れる必要はなかった。実際、軍曹は型通りに挨拶し、マスカットワインを注文し、椅子に腰を下ろして足を組んだ。隣のテーブルにピストルを置き、ピストルの上に右手を置いた。

主人の娘がカーテンの陰からそっと顔をのぞかせた。軍曹は組んでいた足を元に戻して言った。

「やあ、パオラ、こっちに来ないか?」。それから彼女が近づいてきたとき、まだ十六で、容貌もあか抜けていないけれど、肉体的には充分期待を抱かせるものがあると考えた。軍曹は続けて言った。「彼氏とは、うまくいってるかい、パオラ?」

「駄目よ。だって、まだ誰もいないんだから」

「でも、すぐにできるだろう」軍曹は笑い、ピストルの上から手を外した。

娘は「だといいんだけど」と答え、後ろを振り返り、父親からマスカットワインのグラスを受け取った。娘はウェイトレスではなかったので、慣れない手つきでおそるおそるグラスを運び、グラスの縁から目を離すことができなかった。軍曹は椅子から身を乗り出し、娘が長い距離を歩かないで済むようにしてやった。

主人はカーテンのほうに戻っていったが、奥に入ろうとはせず、店内に残るにはどんな振りをしたらいいか考えていた。軍曹が娘にどんな話をするのか、またとりわけ軍曹の手がおかしな動きをしないかどうか、気になっていたからである。

軍曹は主人の疑いを察し、気分を害して、グラスを口許から離して訊ねた。「どうだ、親父、英国放送はなんて言っている?　いつも聞いてるんだろ?」

主人は振り返り、そんなことはないと言おうとしたが、不意に背中を突き飛ばされ、テーブルの上に倒されてしまった。「手を上げろ！」という声が店中に響き、主人は手を上げた。

主人よりも先に、軍曹は手を上げ、胸から数十センチのところで自分に向けられている、ネグスの銃の黒い銃口を見つめていた。ビンボは娘をわきに押しのけて怒鳴りつけた。「そこをどけ、淫売！」。それからすぐにテーブルの上のピストルを取りにいった。

主人は身を引きずって、カーテンのそばまで移動していた。全員が目の前を通り過ぎようとしたとき、軍曹とパルチザンたちのどちらへともなく、「私たちは、全然、関係ない」と、か細い声を出し、それから娘のところへ走りよった。娘は喉に小石を詰まらせたような顔になっていた。

店の奥では主人の妻が、見張り役のトレーノの手を逃れ、ネグスのところまで走り寄り、腕にしがみついて叫んだ。「こんなことして、ファシストたちが何すると思ってるのよ。ファシストたちに何て言ったらいいのよ！」

ネグスは身を振りほどいたが、女はすぐにコロンネッロに飛びかかった。「ファシストになんて言ったらいいのよ。あの人たちは、私たちが協力したって思うわ。主人は殺されて、家は燃やされてしまうわ」

コロンネッロは女に言った。「適当になんとかしておけ。あいつらには適当なことを言っておけ！」。このときトレーノが駆けつけて、女の体を抱きかかえ、みんなが外に出るまで抑えつけた。

ビアジーノが外に危険はないと合図し、そのあとですぐに尋ねた。「こいつは何を持っていた？」。ビンボがピストルを見せると、軍曹の背後に走り寄り、思いきり尻を蹴り上げた。軍曹は仙骨を激しく蹴られ、うめき声をあげてその場に崩れ落ちた。しかしビアジーノは軍曹を立たせて言った。「下手な芝居をするな、おいぼれ、柔らかいところを蹴っただけだ」

一行は葦原から飛び出し、キンゴウカンのあいだの小さな道に飛び込んだ。さらに休むことなく、ふたつの丘を越えた。後ろから強風に煽られているように、全員が背中を丸めていた。それからサン・ロッコの小さな谷間にたどりつき、パルチザンが支配している地域の端にまで来ると、ようやく歩みを緩め、軍曹に対する監視も緩めた。

コロンネッロはネグスに、サン・ロッコの小村を通っていこうと提案し、「時間もちょうどいい。女たちがパン屋から戻ってくるころだ」と言った。「こいつを捕虜にしているところを見せれば、おれたちも英雄だぜ」

しかしネグスはコロンネッロの提案を斥けた。怒りと憐みの板挟みになり、軍曹の背中を見つめていた。軍曹を殺してしまいたかったが、それは自分が軍曹に加えている苦しみから軍曹を解放するためだった。身体じゅうが疲れと嫌悪感でいっぱいだった。道がふたつに分かれていると ころで、軍曹は立ちどまり、後ろを振り返って、死んだヒツジのようなまなざしを向け、どっちに行ったらいいのかと訊ねた。ネグスははっとわれに返った。「なんだって？　ああ、そうか。左だ。いつも左だ」。そう言って、銃身で方角を指し示した。

一行が通り過ぎていくと、鎖につながれていた犬たちが吠え、農場の者たちは用心深く、農作業場から道の様子をうかがっていた。年配の者たちは捕虜を目にし、捕虜が誰であるのかわかると、すぐに後ろに下がろうとした。それでも間に合わなかったときには、身を固くして、無表情なまなざしを向けていた。しかしそれから軍曹が通り過ぎると、五人のほうに顔を向けて拍手した。もっとも、それも仕草だけで、音はたてなかった。一方、少年たちは大胆に姿を現し、目を輝かせていた。そのうちのひとりは急な斜面を駆け下り、しんがりを歩いていたトレーノに近づき、木の根につかまりながら身を乗り出して訊ねた。「あのさ、こいつは殺ってしまうの」

「もちろん、殺っちまうさ」

少年は軍曹の背中を見つめ、それから言った。「一緒について行って、こいつの目に、唾をかけてやりたい」

トレーノは好きなようにしていいと言ったが、少年は思い直して斜面を登っていった。

道は上り坂になった。コロンネッロは丘の峰を眺めて言った。「トレイソの墓地だ。日がいっぱい当たっている。あそこにトムがいる。なんていい奴だったんだ、生きていたころは。だけど、馬鹿みたいに殺されてしまった。そうとしか言えねえ」

「なんだって、馬鹿みたいに殺されたなんて、そんなことを言うもんじゃない」。ネグスは怒鳴った。「あいつは死んでしまったんだ。死んで自分の愚かさを償ったんだ。だからもう誰も、あいつが馬鹿みたいに死んだなんて、言っちゃいけないんだ！」

「おいおい、ネグス。あんたは気が立っているんだ。そんな理屈を言い出すなんて……」。そうコロンネッロは言いかけたが、最後まで言うことはできなかった。片手でネグスの腕をつかみながら、もう一方の手を耳に当てた。蹄鉄の響きが聞こえている。

みんなも蹄鉄の響きを耳にし、ネグスの周りに集まってきた。ビアジーノが「騎兵隊だ。あの年寄りが言っていた奴だ」と、一息にまくし立てた。

ネグスは周囲の仲間たちの輪をほどき、銃を手にして、軍曹に向かって叫んだ。「すぐに戻れ！」

軍曹は草むらの中をゆっくりと後ずさりし、川の流れに近づきながら、綱渡り師のように、両腕を大きく左右に広げていた。それでも視線はネグスの銃から離さずに叫んだ。「撃つな！　おれたちの騎兵隊だ。撃たないでくれ。交渉しよう！」。それでも後ずさりをやめようとはしなかった。

ネグスは軍曹に狙いを定め、「戻れ！」とさらに大きな声を出して叫んだ。蹄鉄の響きが大きくなっていたからだった。

軍曹は突然大きく横に動き、身をひるがえして、流れに向かって走り出した。ネグスは銃を連射し、軍曹は前方に向かってばたりと倒れた。まるで草むらに罠が隠されていて、それに両足を掴まれたかのようだった。

コロンネッロは泣き出し、ネグスに噛みついた。「なんで撃っちまったんだよ。役に立ったんだ。交渉できたんだ！」

道が丘の頂上に差しかかるあたりで、白い埃が低く舞い上がり始めていた。全速で近づいて来る馬の蹄の音が、いまでは近くの森に響きわたる太鼓の音のようだった。ネグスは「道を離れろ。

高いところに行け！」と叫び、道沿いの高みに飛び移り、そこから急な斜面を登り始めた。しかし地面に足をのせてみると、ネグスはすぐに斜面が完全に期待を裏切るものであることに気づいた。草の下はひどいぬかるみだった。

騎兵隊は丘の先端に姿を現し、すぐに全速力で坂を駆け下りてきた。空中には馬のいななきとともに、すでに自動小銃の連射音とカービン銃の発砲音が響き渡っていた。

ネグスは何度も滑り落ちながら、泥の中に靴の先端を突き立てていた。しかし必死の努力もほとんど実を結ばず、しまいには靴の裏全体を地面にのせることができる喜びを味わうためだけにでも、この場を逃れたいと願うようになった。彼は腹ばいになり、肘を突き立てて登って行った。なかば後ろを振り返ってみると、下方ではビンボが路上で俯せになり、ながながと身を横たえているのが目に入った。落ちたばかりのようだった。ビンボの体の上では、土埃がまだ小さな雲のように漂っている。その少し先では、騎兵のひとりがコロンネッロに向かって馬に拍車を当てていた。コロンネッロは膝をついて、両腕を大きく広げていた。

騎兵たちの多くはすでに馬を降りていた。身軽になった馬たちが狂ったように周囲を走り回っている。

ネグスはふたたび腹ばいになって登り始めたが、目はつむっていた。丘の頂上がまだどれほど遠方であるのか見たくなかったからだった。しかも斜面の突起は、どれもが頭上になだれ落ちてくる巨大な海の波のようだった。

一瞬の沈黙がおとずれ、ネグスは茫然となって後ろを振り返った。路上では馬を降りた四、五名の騎兵たちが、自分に向かって銃を構えている。その少し先のほうでは、軍曹が倒れた草むらで、トレーノとビアジーノが木の幹を背にしている。騎兵たちが一列に並び、至近距離からふたりに銃を向けている。ネグスは叫び声をあげ、斜面に座り直し、その木の方角に向けて銃を乱射し、それからふたたび身体の向きを変えた。

銃声がこだましたが、弾は飛んでこなかった。ネグスはトレーノとビアジーノが撃たれたのだろうと考えた。

直後にカービン銃の弾がそばを掠め、ネグスはいよいよ最期だと思った。自動小銃は空っぽだったが、もう一度装塡しようとは思わなかった。撃ち返したいという願いは、ネグスから真っ先に失われていた思いだった。彼は匍匐して登り続けた。

路上からは弾丸が雨あられのように浴びせられていたが、なかなか彼には当たらず、ネグスの姿は北向きの斜面の泥の中に貼りつけられたトカゲのようだった。

ネグスは誰かが自分を追って斜面にとりかかり、自分と同じ苦労を味わってはいないかと思って後ろを振り返った。しかし騎兵たちは全員路上にとどまり、射的場のカウンターを前にしているときのように、横一列に並んで銃を構えていた。左手の最前列にいたのは明らかに将校だった。銃の先端は正確にネグスに向けられている。そこから不快な色彩が弾け散ると、直後に口の中は吐瀉物であふれかえった。ネグスは足を下にして滑り始めた。開かれたままの両手は、いつまでも草の上を優しく撫で続けているようだった。斜面の突起にぶつかっても体は止まらず、横向きになっただけだった。ふたたび落下し始めると、こんどは一気に路上まで転がっていった。ネグスの体を長靴の先端で受け止めるために、将校は道の反対側から急いで駆けつけて来なければならなかった。

3　ペテン

ルネの指揮下の騒々しい若者たちが、開けた田園地帯でひとりの兵士を捕まえ、ネヴィーリエのすぐ外にある農場の家畜小屋に閉じ込めた。ルネはすぐにカピターノに伝令を送り、捕虜に対する判決を求めた。その日、T市(トリーノ)の宿屋にいたカピターノは、バッセ・ランゲで最も地位の高い指揮官で、捕虜の生死を決定する権限を有していた。

しかし伝令はT市でカピターノの顔を見ることも声を聴くこともできなかった。さんざん待たされた挙句に車に乗るよう指示された。帰りは三人のパルチザン、モーロ、ジュリオ、ナポレオーネが一緒だった。

ネヴィーリエに向かい、平野部を走っていた車の中で、ジュリオは運転していたモーロの隣に座り、ナポレオーネは後部座席でルネの伝令と並んでいた。

道のりを半分ほど過ぎたあたりで、ジュリオは後ろを振り返り、背もたれに顎をのせ、ナポレオーネを妙に親愛の情にあふれたまなざしで見つめ、やがて口を開いた。「さてと、ナポ、どうしたもんかなあ」

ナポレオーネはジュリオから顔を背け、道沿いの川の流れのほうを向いて言った。「だからよ、今回はおれの番だ。それ以上、言うことはなにもねえな」

「おまえはそう言うが」とジュリオは答えた。「このあいだ、おまえが熱を出してひっくり返ってたからって、なにもおれのせいじゃねえし、そもそもおまえのせいだろうがなかろうが、おまえは一回パスしちまったんだから、今回はまたおれの番だろう。だけど心配するな。この次は邪魔しねえよ」

ナポレオーネの唇は怒りで震えていた。どもらずに話せそうになってから、ようやく口を開いた。「次のことなんて、おれの知ったことじゃねえ。問題は今日だ。まあ、見てるがいいぜ」

ジュリオはふんと鼻を鳴らし、前方に向きを変え、ナポレオーネはジュリオのうなじを鋭いまなざしで憎々しげに見つめていた。

伝令にはふたりが、だれが捕虜を銃殺するのかという問題で言い争っているのがわかっていた。ナポレオーネは自分の太ももを伝令の太ももに押しつけていたので、ズボンを通して熱い熱が伝わってきた。伝令は嫌悪を覚えたが、気を使ってそっと足の位置をずらし、前のほうに視線を向けた。フロントのバックミラーにモーロの顔が写っている。モーロは唇を閉ざしたままニヤリと笑みを浮かべていた。

一行がネヴィーリエに近づいたとき、自動車のエンジン音は丘全体に鳴り響いていたので、守備隊は完全に警戒態勢に入っていた。

モーロの車はギヤをニュートラルに入れ、農場の作業場に下りていった。ルネ配下の兵士たちは首を伸ばし、車中の人物を確認し、彼らが誰であるかわかったとき、判決の文言は彼らにとってもはや謎ではなかった。

ルネは車のほうに向かっていった。車はこのとき農作業場の中で向きを変え、ネヴィーリエの五、六人のパルチザンたちは、車が完全に停止するまで踏み台に飛び乗って最後の動きを楽しんでいた。モーロは子供たちを蹴散らすように、彼らを全員踏み台から追い払い、ポケットからメモを取り出し、何も言わずにルネに渡した。それから周囲に視線を走らせて訊ねた。「どこにいる？」

誰も答えようとせず、カピターノからのメモを読んでいたルネを全員じっと見つめていた。メモはせいぜい二行程度に過ぎないようだった。その証拠にルネはすぐに視線を上げて言った。「家畜小屋だ。モーロに開けてやれ」

家畜小屋の扉が大きく開かれ、牛が二頭、誰が入ってくるのか確かめるように、入口のほうに頭を向けた。藁の上で体を伸ばして横たわっていた制服姿の男は、外に顔を向けようとしなかった。モーロに顔を見せるように命じられて振り返ったが、何かを見るためというよりは、たんに顔を向けただけのことだった。顔中は殴られてひどいことになっている。強い日差しを浴びたときのように、顔をしかめて目を細めていた。

振り向いて外に出ようとしたとき、モーロはすぐ後ろに立っていたジュリオとナポレオーネの胸にぶつかりそうになった。

農作業場から丘の頂上に向かう小道の上を、ネヴィーリエの守備隊の大勢の兵士たちが、すでに列をなして歩き始めていた。先頭のひとりは肩に鋤を担いでいる。

モーロはルネを探した。ルネは農作業場の端で、彼に次いで地位の高そうなふたりの男と一緒に、周囲から距離をとっていた。モーロは近づいていった。三人はこのときまで、銃殺の場所をめぐって議論していた様子だった。

「……おれは、サンタドリアーノのほうがいいと思ったんだがなあ」と、ひとりが言ったところだった。

ルネは答えた。「あそこはもう四回使っている。今度で五回目になる。処刑の場所は分散させたほうがいい。カッファの下の小さな谷間がいい。あのあたりで、持ち主がいなくて使われていない土地を見つけるんだ」

モーロは三人に加わって口をはさんだ。「たかだか場所程度のことで、なにを騒いでいるんだ。まわりはどこだって地面だろう。死体をどこに放り出そうが、海に小石を投げるようなもんじゃないか」

ルネは言った。「そいつは違う、モーロ。おまえはカピターノと一緒で、どんなところにも永くいたことがない。だから土地の人たちに恩義を感じていない。だけどおれたちはいつもここにいて、ここに住んでいる人たちのことを考えなければならない。自分の畑にファシストが埋められて、おまけにそんな悪ふざけをしたのが自分の村のパルチザンたちだと知って、喜ぶ者がいると思うか？」

「だけどもう適当なところが見つかったんだろ？」

ルネは向かいの丘のほうに目を向け、重苦しい口調で言った。「あの丘の向こう側の小さな谷の奥だ」

モーロは丘の頂上付近にいたパルチザンたちを目で探した。彼らがカーヴを左に曲がって見えなくなっていくところをちょうど目にすることができた。それから家畜小屋のほうに目を向けた。ジュリオとナポレオーネが扉の柱にもたれかかっている。モーロはふたりに向かって叫んだ。

「ジュリオ、ナップ！　そんなところで何してんだ？」

ふたりは同時に歩きだし、同時にモーロの前に来た。モーロは言った。「なんであいつらと一緒に行かなかったんだ？　いますぐ行って、ルネが捕虜を連れていくまでに準備しておくんだ」

ジュリオは訊ねた。「だけどどこなんだ、正確には？」

「サンタドリアーノだ」とモーロは答えたが、ジュリオがぼんやりと丘を眺めていたので言葉を続けた。「お前たちは、ネヴィーリエのパルチザンたちが見えなくなったところを、見ていただろう？」

ジュリオとナポレオーネは否定のしるしに頭を振った。

「見てなかったのか？　しょうがねえな。あいつらはあのカーヴのところを右に曲がってったんだ。あそこまで行って、反対側に下りていけば、平らな土地に出る。そこがサンタドリアーノだ」

ナポレオーネは一歩前に足を踏み出して言った。「ところで、モーロ、ひとつ決めてくれ。誰が撃てばいい？　前回はこいつだったんだ」

モーロは大きな声で言った。「まだそんなことを言ってるのか。一緒に撃ちゃいいじゃねえか」

「そうはいかねえ」とナポレオーネは言い、ジュリオも頭を振った。

「じゃ、やりたいやつがやるしかねえな、丁か半かで決めりゃいい。ただ、ふたりで撃ち合いなんかするなよ」

ちょっとのあいだ、ジュリオはモーロの目をじっと見つめ、それから訊ねた。「お前はサンタドリアーノに行かないのか？　どうしてだ？」

モーロはジュリオの視線を受け止めて答えた。「おれはここに残って車を見張っている。ルネの兵士たちに、タンクからガソリンを抜かれないようにな」

ジュリオとナポレオーネは一緒に歩き出した。ジュリオは速足で歩いていたが、ナポレオーネはすぐに脾臓に痛みを覚え、歩きながら手で腹を抑えていた。それでもふたりは丘の頂上に、まったく同時にたどりついた。

ふたりは斜面を下りていった。少ししてナポレオーネが言った。「あいつらがここを通って行ったとは、とても思えねえな」

「どうしてだ？」

「そんな感じがする。様子がおかしい。あんな奴らが大勢通っていったあとが、こんなに静かなはずがない」

なんの音も響かず、空気の流れもなかった。

ふたりはさらに下りていったが、ナポレオーネは始終頭をかしげていた。

平らな土地に足を下ろしたとき、ジュリオは立ち止まり、同時にナポレオーネの胸の前に腕を伸ばして、彼の動きを止めた。サンタドリアーノの礼拝堂の横手に広がる、ハシバミの栽培園の背後から鋤の音がはっきりと聞こえている。「聞こえるか、ナポ？　あれは鋤の音だ。あいつらが穴を掘ってるんだ」

ナポレオーネはジュリオの後について、ハシバミのほうへ歩きながら言った。「だけど人声がしないってのは、どうしてなんだ。鋤を使ってないやつらまで黙ってるなんて、おかしいだろう？」

「まあ、そういうこともあるさ。墓穴を掘ってるところを見てたりしたら、口を利く気もなくなっちまって、黙って見てるだけになっちまうかもしれねえ。そんなとこだろう」

栽培園の周りをまわっているあいだに、鋤の音は止み、ハシバミの木々の横を通り過ぎると、農夫がたったひとりで鋤に足をのせている姿が目に入った。農夫はまさにふたりが姿を現すのを待っていた様子だった。うやうやしい物腰でふたりを見つめ、声をかけた。「やあ、国を愛する若者よ」

長い射撃音が、丘の背後から弾けるように聞こえてきた。

ジュリオはすぐに状況を把握し、銃声が聞こえてきた方角に顔を向けた。ナポレオーネは反対に、射撃音がこだましてすばやく流れ去っていった大空をぼんやりと眺めていた。

ふたりはすぐに歩き出した。農夫はふたりのほうに手を伸ばして訊ねたが、相手にしてもらえなかった。

「おいおい、何があったんだ？　近くにファシストがいるのか？　わかったら教えてくれ。どこかに隠れないと」。ふたりは返事ひとつしなかった。

ふたりは丘を登って行った。ジュリオは大急ぎだったが、ナポレオーネはゆっくりだった。いまさら脾臓を破裂させる理由などまったくなかったからである。それでも頂上までたどりつくと、ジュリオはそこでナポレオーネを待っていた。

ふたりは丘から下を見つめた。ネヴィーリエのパルチザンたちがカッファの下の小さな谷間から登ってくるところだった。彼らの様子は退却を開始した兵士たちのようだった。なかには処刑の様子を見に、パルチザンたちについていった民間人の姿もまじっていた。彼らは冬の夕暮れどきに家路を急いでいるかのように背中を縮こませていた。ジュリオとナポレオーネのそばを通り過ぎようとしたとき、ひとりが言った。「それにしても、ちょっと村に近過ぎたんじゃないか」

ジュリオとナポレオーネは、すでに人気のなくなった斜面を小さな谷の端まで下りて行った。下ではふたりのパルチザンが墓穴の仕上げにとりかかっていた。ひとりが鋤の平らな部分で土を叩き、もうひとりが靴の底で土くれを押しつぶしている。

鋤を持っていた男が相手に向かって言った。「今度の春ここに生えてくる草は、他の場所に生えてくる草より二、三十センチは高くなる」

彼らの上に、不意に姿を現したふたりの男の影が落ち、彼らは下方から谷の端を見上げた。

「誰だ、殺ったのは？」ジュリオはすぐに訊ねた。

鋤を持っていた男が答えた。「誰だと思う？　あんたらと一緒に来たモーロだよ」

そのことは少し前からナポレオーネにもわかっていた。それでも彼は大きな声を出した。「畜生！　モーロの野郎。あいつはいつも俺たちからうまいところをさらっちまうんだ！」

少ししてから、ジュリオは墓穴につま先を向けて訊ねた。「ところで、こいつの死にざまはどうだった？」

「最初に小便を漏らしやがった。ズボンの前に黒いしみができて広がっていくのを、おれはこの目でちゃんと見たぜ」

ジュリオは背中に背負っていた銃の位置を正し、谷の端から一歩後ろに下がって言った。「まあ、小便を漏らしたっていうんなら、俺にも文句はねえよ。最初に小便を漏らすような奴を殺ったところで、モーロの奴、たいして楽しくもなかっただろう。覚えているか？　ナポ、あのドイツ野郎をさ、俺たちがスカレッタで捕まえて、おまえが銃殺した奴だ。あいつはたいした奴だったな。さあ、行こうぜ、ナポ、モーロは俺たちを置き去りにだってしかねねえからよ」

4　パルチザン・ラウールの門出

ある朝、セルジョ・Pはカスタニョーレ・ディ・ランツェをあとにし、カスティーノに向かっていった。ここを拠点とするバドリアーノ隊の重要な駐屯部隊に加わるためだったのである。十八歳になったばかりだった。明るい色のレインコートに身を包み、将校のようなベルトを締め、まだ靴紐の色も美しい新しい登山靴を履いている。それでも、家を出てまだ一分もたっていなかったときのそれまでのセルジョと少しも変わっていなかった。裕福な家庭に育ち、親のおかげで都会の大学に通うことができる村の若者のひとりだった。それはカスタニョーレが視界から消え、レインコートの裏のポケットから真新しいピストルを取り出してホルスターに収め、将校のようなベルトにもっともらしい外観を与えたときにも少しも変わっていなかった。

心の中ではラウールという戦闘名を名乗ることに決めていた。

人影ひとつない道を歩きながら、心はかろやかだった。未亡人の母親をひとり村に残していたが、自分が誰の子供でもないように感じていた。このことはひとりの人間にとって本当に重く困難なふたつのこと、すなわち出征することと移民になることを覚悟するための理想的な条件である。

十時ころ、セルジョはカスティーノの入り口にたどりついた。正確に言うと、そこは公共斤量所の小屋の目の前だった。ひとりのパルチザンが検問所の任務に就いている。セルジョは三十フィートほど離れたところで立ち止まり、自分がすぐにでも身に着けることになりそうな外観を思い浮かべるために、パルチザンの姿を仔細に観察した。背の低い男だが、肩に担いでいるカービン銃のせいで、身長が少し引き延ばされているように見える。男が横を向いたとき、ズボンの後ろポケットの手榴弾のせいで、尻には大きな横根ができているような感じがする。髪の毛は十七世紀の人間のように肩まで垂れ下がっている。

谷あいに一斉射撃の音が響き、すぐにまた繰り返された。銃の数は少なかったが、こだまがいつまでも大きな反響を引きずっている。セルジョは道の真ん中にくぎ付けになり、両手を震わせながら、弱々しい手つきでホルスターのボタンを外そうと躍起になった。しかしすぐに、パルチザンの若者が少しも動揺せず、しかも最初の家の入り口からはひとりの老婆が通りを歩いていた二羽の鶏を優しく呼びよせていることに気がついた。彼はホルスターから手を離し、パルチザンのほうへ急いで近づいていった。パルチザンは向きを変えて彼が近づいてくるのを待っていた。見覚えのない顔であることに気づくと、カービン銃を肩から下ろして身構えるようなそぶりを示した。セルジョは片手を前方に伸ばし、大きな声で訊ねた。「指揮官のマルコはいるかい?」

パルチザンはカービン銃をなかば肩から下したまま、元に戻すわけでもなく狙いを定めるわけでもない中途半端な姿勢のまま、セルジョが目の前に来たときに訊ねた。「なんの用だ?」

「入隊を認めてもらいたい。まだ間に合うようなら」

「なんでマルコのことを知っている?」

「噂でだ。カスタニョーレから来たんだが、マルコのことはターナロ川の向こうでも、みんなの話題になっている」

パルチザンは銃を肩に戻して訊ねた。「タバコはあるかい?」

パルチザンが期待していたのは刻みタバコで、セルジョが取り出したナツィオナーリではなかった。「こいつはまあ、別ものだが」と言いながら、タバコを二本取り、一本に火をつけた。

パルチザンはタバコを吸いながら、そのうち視線を前のほうにそらし、セルジョのことは忘れてしまったようだった。何を見ているのか気になり、セルジョは少し待ってから後ろを振り返った。若い女がひとり道を歩いている。道端を歩き、興味深げなまなざしで急な斜面を見下ろし、射撃をしている兵士たちの姿を見分けようとしている。

セルジョは向きを変え、パルチザンに言った。「それじゃ、どこへ行ったらマルコに会えるのか、教えてくれ」

「役場にいるよ。今頃は住民たちの言うことに、耳を傾けているだろう」。パルチザンはセルジョの横を通り抜け、若い女に近づいていった。

村に入ると、役場は簡単に見つけることができた。なんの特徴もない建物で、正面に《村役場》

とある。中に入り、階段を上ると、ドアが三つあった。最初のドアをノックし、そっと開けてみる。室内は空っぽで埃っぽく、ほのかに穀物の匂いが漂っている。二番目のドアを開けても同じことだった。そこでセルジョは三番目のドアを無造作に開いた。

テーブルがあり、その上で若い女が慌てて両足を閉じ、スカートを下ろしたところだった。男もいて、こちらに背中を向けている。その動きから、ズボンの前ボタンを慌ててとめているのは明らかだった。

男は振り返った。セルジョが一度も見たことがないほどの美男子だった。毛糸と革と英国製の布地の、複雑で人目を惹きそうな軍服姿である。

セルジョは咳払いし、男は額にしわを寄せた。娘はセルジョを観察しながら、片手で髪形を整えている。髪はブロンドで、モロコシのようにカサカサして、さらさらと音を立てている。

「ここに来れば、マルコに会えるとうかがいました」

「マルコならおれだが」

セルジョは思わず踵を合わせたが、音はほとんど立てなかった。それでも娘の唇の端には、可笑しそうな表情がわずかに浮かび上がった。

「私がここに来たのは、入隊するためです。まだ間に合うようでしたら」

「君はもうおれたちの仲間だ」とマルコは言った。「まだ間に合うかどうかなんて問題じゃない。遅過ぎるなんてことはありえない。仮に内戦が明日終わるにしたって、君はまだ充分殺される可能性があるんだから。そもそも古参か新参かなんてことは、パルチザンが口にする最も馬鹿げた問題だろう。それでも連中は、誰もかれものっけから先輩面したがるやつらばかりだ」。マルコの言葉はセルジョというより、むしろ若い娘に向かって言われたようだった。実際、娘はマルコの言葉を肯定するようにまばたきをし、それから片足をぶらぶらと動かし始めた。

「君は学生のようだが」とマルコは言った。

「そのとおりです」

「専攻は？」

「教職です。師範学校の二年生です」

「覚えておこう。パルチザンには学生はほとんどいないんでね」

そう言うとマルコはセルジョに近づき、ホルスターのボタンを外し、ピストルを半分ほど引っぱり出した。それから唇に賞賛の表情を浮かべ、ピストルを元に戻した。セルジョがホルスターのボタンをはめていると、「武器を持ってきたのは上出来だった」と言った。「なにしろここじゃ、おもちゃのピストルひとつ持たせてやれないからな。アルバから出てきたときにおれたちに残っていた武器は、アルバに入ったときよりはるかに少なくなっていた。正直なところだ」。この最後の言葉も若い娘に向かって言われたようだった。

「ところで、君のことはなんて呼べばいい？」

パルチザンに加わることを決心した夜から、セルジョはラウールという名前を選んでいた。だからすぐに答えられるはずだった。しかしラウールという名前を口にすることほど、恥ずかしいことが他にあるとは思われなかった。セルジョは返事をためらい、マルコはもう一度質問を繰り返した。

セルジョは意を決して答えた。「ラウールにしようと思っていました」。彼の声はいかにも頼りなげだった。マルコと若い女がプッと噴き出すのをセルジョは覚悟していた。それほど無理もない話が他にあるだろうか。

しかしマルコは言った。「ラウール、立派な戦闘名だ。ランゲのどこを探しても、君以外にラウールはいないだろう」

若い娘は右足の動きを止め、左足を動かしていた。少しわざとらしく、ため息をついた。そこでマルコは言った。「もういい。君は僕たちの仲間だ。ランゲ第二師団、ベルボ旅団だ。他の連中はいま牧草地に下りて、射撃訓練をしている。君もそこに行って、みんなと知り合いになるんだ。仲間になるんだ、これは大切なことだ、すぐにみんなと親しくなるんだ」

建物から出てみると、外では相変わらず銃声が轟いている。方角を見定め、丘の稜線にたどりついた。身を乗り出し、張り出した岩の上で上体を折り曲げ、細心の注意を払って下をのぞき込む。それでも斜面に飛び出した突起のせいで、そこからは何にも見えない。ラウールは小径に入り、パルチザンたちの姿が見えるようになるまで坂を下って行った。

ラウールが下りていった坂と交わっている小径の上で、三十人ほどのパルチザンが寝そべっている。農民たちが薬剤を散布する時期に硫酸銅を入れておく、セメント製の小さな物入れのような物体を標的にし、谷に向かって銃撃を続けている。

ラウールはさらに坂を下り、パルチザンたちが寝そべっていた小径に入っていった。できるかぎりゆっくりとした足取りで近づいていった。初めて寄宿学校に入っていったときより、はるかに激しい気後れのとりこになっていた。パルチザンたちはすぐにでも自分に気がつき、肘をついて身を起こし、一斉に声をかけるだろう。「新米か？　今頃になってやってきたのか？　ボケっとしてたんだろう？　おれたちより十か月も遅いぜ。いままでどこにいたんだ？　神学校にでも隠れていたのか？」

しかし、誰も何も言わなかった。誰かがすぐに彼のほうを見、それから他の者たちも視線を向けた。それでもラウールの姿を一目見ると、すぐに谷底の白い物体のほうに向きなおった。

ラウールは小径の縁に腰を下ろし、銃口が火を噴く瞬間をとらえようとした。あれこれと適当な銃口を選んでしばらく見つめ続けていた。それから少しして、今度は射撃を続けていたパルチザンたちの表情に視線を移し、少しでも親しみの持てる顔を見つけようとしたが、そんなものは見つからなかった。ラウールは思い返した。たとえどのような武器であれ、照準器の後ろで神経を集中させている者の顔に、人間的な優しさを求めても無駄だろう。ラウールは立ち上がり、一本の木のほうへ、ぼんやりとした足取りで歩いていった。木の正面に立ち、ピストルを取り出し、装塡して、木の幹を長いあいだ見つめていた。弾丸が飛び出したが、引き金を引いたのかどうか、ラウールにはまったくわからなかった。ましてや弾丸がどこに飛んでいったのか、皆目見当がつかなかった。黒ずんだ木の幹にはなんの痕跡もない。ラウールはすっかり不安になり、急いでピストルをホルスターに戻した。

訓練をしていたパルチザンのひとりが近づいてきた。少しは人間味の感じられる顔をしているが、笑うと唇が極端にひきつり、そのせいでやや獰猛な感じがする。ラウールに初めて話しかけてきたのはこの男だった。戦闘名はズガンチャで、四か月前からマルコの部隊に所属していたが、それ以前にはヴァル・ディ・ランツォで、やはり四か月を過ごしていた。いろいろ聞いてみると、結局ラウールとほとんど同年配だった。

ふたりは一緒に小径の縁に腰を下ろし、ズガンチャは仲間たちに近過ぎない場所を選んだ。それから射撃訓練の愚かしさをそれとなく口にし、近くをファシストが通りかかったら、彼らを呼び寄せているようなものだと指摘した後で、ラウールに「ちょっと君のピストルを見せてくれないか」と言った。

ピストルを渡したとき、ラウールは自分にとって大損になるような話が始まろうとしているような嫌な予感を覚えた。

ズガンチャはピストルを仔細に点検し、掌にのせて揺り動かし、「いいピストルだが、ただイタリア製だな」と言った。それからピストルを膝の上に置き、「俺のはドイツ製だ」と言って、自分のピストルを取り出し、ラウールの手の上にのせた。

ズガンチャのピストルはやや旧式で、錆の跡もかなり目についた。そのせいか、ズガンチャはすぐに言葉を続けた。「おれは予備の弾倉を三つ持っているが、おまえはいくつ持ってる?」

「もう弾が五発しかない。さっきあの木に一発撃ってしまったから」

「五発か、少ないな。でも、よかったら交換してやろう。君のピストルのほうがおれのより重くて、握った感じがしっくりくる。でなかったら、おれは交換なんて絶対しないよ。クロムメッキしたマルコのピストルとだって、しやしないさ」

ラウールは交換に応じた。憤りと苦々しさを隠そうとして、顔面は引きつっていた。少しのあいだ、ズガンチャの視線をとらえようとした。ピストルを交換したことで、ズガンチャが自分に借りができたように感じているような気がする。

少し時間が経過したが、ズガンチャは何を話題にしたらいいのかわからない様子だった。しばらくしてようやく口を開き、「あのさ、おれって射撃がうまいんだぜ」と言った。ラウールは相手が、ファシストやナチスの親衛隊をやっつけた話をするのかと思った。しかしズガンチャは財布を取り出し、中から縁日の射的場で、私服姿でフラッシュをたいて撮影された写真を何枚か取り出した。ラウールは写真に関心があるようなふりをし、ズガンチャのそばにいつも写っていた娘のことを尋ねた。

「こいつらなら、平野に置いてきたよ」とズガンチャは答えた。

「ところでズガンチャ、隊長のマルコってどんな人だ」

「こんなタマをぶら下げてる野郎だよ」。ズガンチャは指でふたつのタマの大きさを示し、それからこう言葉を続けた。「パルチザンの将校になるのに、教育なんて関係ないってやつもいるが、そんなことはない。おれは喜んでマルコのように教育のあるやつの部下になるよ。マルコは王国軍にいたときから将校だったし、軍隊に入る前はトリーノ大学に通っていた。なんかの先生になるためだ。だけどヴァル・ディ・ランツォでおれの隊長だった男は、フィアットの機械工だったよ。肝は座っていたが、教育はなかった。おれたちに面白半分で人殺しをやらせていた」

「マルコのところに行ったとき」とラウールは言った。「マルコと一緒に若い女がいたけど」

「ヨーレだな。結構いい女だろ。性格も悪くはないよ」

「こんなところで、何をしているんだ?」

「伝令ということになっている。でも、やんなきゃいけないときに、やってないってわけでもない」

「パルチザンと一緒にいるなんて、勇敢じゃないか。なんでこんなところに来る気になったんだろう」

「おれも一度聞いてみたことがあるが、なんて答えたと思う?　女だってことは世界で一番間抜けな話なんだってさ」

ふたりは振り返った。他のパルチザンたちのあいだでなにかが起きているようだった。丘の頂上のほうを見上げてみると、ひとりの平服姿の男が顔をのぞかせている。土地の所有者のようで、強い口調で訊ねていた。「あんたらは、なんであの白いのを標的にしているんだ？　あれは硫酸銅を入れておくところだ。知らなかったのか？　穴が開いてしまうじゃないか。硫酸銅がみんな漏れてしまうだろう。すぐにやめるんだ。じゃないと、マルコのところに談判に行くぞ」

パルチザンのひとりが平服の男のほうに、少し進み出て答えた。「そうかもしれない。だけどあの白いもの以外に、谷には標的になりそうなものが何もないんだ。おれたちは高いところから低いところに向けて銃を撃つ訓練をしなければならない。たいがい、おれたちが高いところにいて、ファシストたちが低いところにいるんだ」

「そのとおりだ、キン！」と、他のパルチザンが叫んだ。

しかし、平服の男は屈しなかった。「訓練ならやりたいだけやればいい。ただし、人に迷惑をかけないところでな。でないと、本当にマルコのところに押しかけるぞ」。男はそれ以上何も言わなかった。それでもパルチザンたちが立ち去るかどうか、いつまでも監視している。パルチザンたちは仕方なしに腰を上げ、ズガンチョとラウールもみんなと一緒にサン・ボーヴォの礼拝堂に向かっていった。そこでみんなは小さな釣り鐘を標的にした。弾丸が正確に当たるたびに、釣り鐘はデーンと大きな音を響かせ、みんなは子供たちのように笑い声をあげていた。

正午にみんなは丘に戻り、食堂のある大きな農家に向かって行った。体をぶつけあいながら広い部屋に入っていく。長いテーブルが四つあり、周りをたくさんのベンチが囲んでいる。部屋の角にワインの大瓶が置かれ、ハシバミ油で焼かれた肉の香りが部屋中に漂っている。すでに大勢のパルチザンたちが詰めかけていた。午前中、どこにいたのか不思議なほどだったが、行軍を続けていたようだった。他の者たちより全身が埃にまみれている。とても若そうなパルチザンがひとり、生意気そうに、また少し戸惑った様子で、ラウールをじっと見つめ、大きな声で周囲の者に訊ねた。「こいつは誰だ?」

マルコとヨーレはすでに腰を下ろしていた。ヨーレは男物のズボンに着替え、二本の指先でマルコの太腿を軽く叩いている。

マルコの視線が自分に向けられているのを感じ、このときもラウールは思わず踵を合わせた。すると背後で、さっきのまだ幼そうなパルチザンがズガンチャに訊ねた。「だけどこのごますりは、いったい誰なんだ。見たことないやつだけど、軍隊式に挨拶してやがるぜ」

ラウールはズガンチャと並んで、ベンチの一番端に腰を下ろした。テーブルにはまだ何もなかったので、パルチザンたちは新鮮なパンの奪い合いを始めた。それからコックがビフテキの皿を持って現れ、最初にマルコとヨーレの前に置いた。そのときまでは誰も文句を言わなかった。しかし、残りを他のパルチザンたちに配り始めると、コックに向かって一斉に叫び始めた。「フェルディナンド、買収されちまったのか? なんでわざわざそっちに行くんだ? おれたちは女中の子供か?」

ラウールはマルコのほうを見た。短剣のようなもので肉を切り、まわりの人声など聞こえていないように見える。ラウールは視線を他に向けるほかなかった。それでも新しい仲間たちの顔を見ないようにするために、しまいには自分の爪を眺め始めた。それからふたたび目を上げると、自分を観察するようにマルコの視線が自分に向けられているのが目に入った。

ようやく肉が全員にいきわたった。しかしどれほど咀嚼しても、ラウールは肉を飲み込むことはできなかった。

フェルディナンドがまた出てきて、テーブルにナシの大籠を置いていった。それでもナシは石のように固くて苦いものばかりだったので、みんなはひとかじりするとすぐに抗議の声を上げ、ドアや窓から農作業場にほうり投げてしまった。

ヨーレが立ち上がり、小用を足してくると言って部屋を出て行った。誰かからミゲルと呼ばれていたパルチザンが同じように立ち上がり、爪先立ちでドアのほうに向かい、肩をすくめて頭を低くするような素振りを見せ、声をひそめて言った。「あとをつけて行って、ヨーレがやるところをこっそり盗み見してくるんだ」

ラウールはそっとマルコの様子を窺った。マルコは他の連中と同じように笑っていた。
四、五名の者がテーブルの上でパンくずと肉の油に鼻先をつけて眠り込んでしまった。他の者たちは薄紙を丸めて巻タバコを作っている。タバコの葉は見るからに薄黒く、ラウールは目にしただけで咳き込んでしまいそうだった。
みんながタバコに火をつけた後で、テーブルの周りで始まった議論にラウールが注意し始めたとき、キンはこう言っていた。「……しかし、政治的に言っておれは赤だ。だから戦争が終わったら、すぐにでも共産党に入党するだろう」。キンが相手にしていたのはデリオで、例の極めて若いパルチザンだった。しかしキンの言葉を聞きとがめて、ややつっけんどんな調子で尋ねたのはズガンチャだった。「じゃ、なんでおまえはバドーリオ隊にいるんだ?」

「それがなんだって言うんだ。おれがバドーリオ隊にいるのは、パルチザンになろうと思って山に入ったときに、たまたままわりにいたのがバドーリオ隊だったからだ。もしアナーキストたちや、それ以外のなんであれ、なんかのパルチザンたちだったら、おれはそいつらと一緒になっていただろう。だからいまバドーリオ隊にいるからって、そんなことにはなんの意味もないんだ」

「そいつは結構だな。確かにおまえには思想がありそうだ」

キンは興奮してきた。「当たり前だ。おれには思想がある。むしろお前のほうこそ、思想なんてないんじゃないか。もしも誰かがおれに、自分は共産主義者だと言ったら、おれはそいつが大体どういうことを考えているのかすぐにわかる。しかし、もしも誰かがおれに自分はバドーリオ支持者だと言ったって、おれに何がわかるというんだ? さあ、ズガンチャ、答えてみろ。バドーリオ支持者だというのは、いったいどういうことなんだ?」

「それならすぐに教えてやろう」とズガンチャは応じて、タバコの火を消した。「バドーリオを支持しているってことは、バドーリオの意見に賛成し、七月二十五日とそれ以降にバドーリオがしたことに賛同しているってことだ。つまりバドーリオの計画を承認しているってことだ。それをおまえが知らないんなら、教えてやろう。ドイツ軍とファシストたちを相手に戦争し、九月八日に地に落ちてしまったイタリア軍の名誉を救い、国王に対する誓いを守り抜くということ……」

「なに、国王だって？」。キンは背中を丸めてベンチから腰を浮かし、いまにも前方に飛び出さんばかりだった。実際ズガンチャが、バドーリオ軍のパルチザンたちは王政を支持していると断言したとき、キンは跳ね上がるように立ち上がった。「王政支持者なんか、糞くらえだ！」とキンは叫んだ。眠り込んでいた数名の若者たちが頭を起こし、うつろなまなざしで周囲を見回していた。

「王政支持者なんか、糞くらえだ！」キンは繰り返した。「おまえの国王ってやつは、最低の臆病者だ。最初の裏切り者だ……」

ズガンチャは立ち上がり、死者のように真っ青な顔になって言った。「国王のことをそんなふうに言うな！　キン、おれの前で、国王に向かってそんな口を利くな！」

「そんなふうに言うなだって？　なに言ってやがる、国王はおれたちみんなを見捨てたんだ。そもそもあいつは半人前の出来損ないで、世界中があいつを見ただけで笑い転げていたんだ。おまけにいまじゃ、おれたちにもっと戦争させようとしている。おれたちをひどい目に合わせ、それから後は、おれたちだけで勝手になんとかしろって、ぬかしてやがる。おれたちだけでこの苦境を脱するために、どれほどの命が失われているか、考えてもみろ。もしも国王に少しでも羞恥心があったなら、おれたちと一緒になってパルチザンになっていたはずだ。でなくとも、少なくともまだ若いあの女たらしの息子を、おれたちと一緒に戦わせていただろう。もっともいまとなっては、戦争が終わった暁には、おれたちはふたりとも銃殺してしまうだろう。何がなんでも銃殺するだろう。万が一、あのふたりが逃げおおせたとしたって、なにしろあいつらは逃げるのはお手のものだからな、そうだとしたって、ひとりのイタリア人がいつまでもあのふたりを探し続け、見つけ出し、いつかは二匹の犬のようにぶち殺してしまうだろう」

ジレーラというひとりのパルチザンが手をあげて言った。「もういい、ズガンチャ、いい加減にしろよ、キン。おれたちは政治の話なんかしたことがないのに、いまごろになっておっぱじめようっていうのか？　なんなら教えてやってもいいが、おれは以前ガリバルディ隊にいたことがある。それからバドーリオ隊に移ったんだ。なぜならガリバルディ隊には戦争委員とかいうのが何人もいて、おれたちは政治の話ばかり聞かされて、すっかりうんざりしてしまったからだ」

ラウールは王政支持者だったが、それも彼なりのやり方でだった。つまりひとりの女を愛するように王政を愛していたのである。いま彼はキンを憎んでいたが、だからといってズガンチャの味方にもなれなかった。王政を自分ひとりのものにしておきたかったからである。また彼は口をつぐんでいたが、それは怖かったからだった。広い部屋の中にいたすべての連中に、彼は大きくて明らかな恐怖心を抱いていた。彼はマルコを見つめた。マルコはタバコを吸い、窓をとおして差し込んでくる日の光の中に煙を吐き出していた。煙が日の光に導かれて、どのように姿を変え、どのように動きを失っていくかということに、すっかり心を奪われているように見えた。しかしそれから、突然マルコは頭痛を訴えるような素振りを見せ、タバコを投げ捨てると部屋を出て行ってしまった。

ラウールはマルコの後を追おうとしてベンチから立ち上がった。マルコのいない広い部屋の中に、いつまでもとどまっていたくなかったので、なんとかして部屋を出て行こうと身構えていた。そんなふうにしてためらっていたとき、ヨーレが戻ってきた。ラウールはふたたびベンチに腰を下ろした。ヨーレの目の前では、どのような動きもできなくなってしまったようだった。

ジレーラがヨーレに訊ねた。「ずいぶん遅かったじゃないか。もしかして、小便だけじゃなかったんじゃないか」

「私が何をしたかってことは、ミゲルに訊けばいいのよ」

ヨーレのあとからミゲルが戻っていた。滅多にお目にかかることのできない、ものすごいものを見てしまった男といった表情を、わざとらしく見せつけている。「いやあ、見事なもんだったなあ。ヨーレの魅力は、少しも損なわれなかったよ。カメラがあったら、写真を撮っておいたのに」

みんな大笑いだった。まだこわばった表情のままだったズガンチャとキンも笑い出した。ヨーレも笑い、笑いながらテーブルに飛び乗って腰を下ろし、そこからみんなに声をかけた。「さあ、みんな、猥談でもやろうじゃないの」

ラウールは片手で口をふさいで立ちあがり、何度かベンチにぶつかりながら、頭を低くして部屋を出た。農作業場を横切り、小道を探そうともせずに、登り勾配の牧草地を通って丘の上の道にたどりついた。そこまで来て、はっとして後ろを振り返った。食堂にいたパルチザンたちが、ラウールが脱走したと思い、武器を構えて追いかけてくるかもしれないという考えが、突然頭に浮かんだからだった。しかし誰も追いかけてこなかった。そこでラウールは道を横切っていった。足取りは頼りなく、しかも胃から飛び出しそうになるものをこらえるのに、何度も歯を嚙みしめなければならなかった。道の端にまで来たとき、彼は「ああ、お母さん、お母さん！」と叫び、それから身を躍らせるように急な斜面を駆け下っていった。斜面は相当な急勾配だったので、いやがうえにも彼の走りはすぐに空を飛ぶような勢いとなり、丘の麓の木々が自分に向かって上昇してくるように思われ、ラウールは足首を挫いてばったりと倒れてしまうような気違いじみた恐怖のとりこになった。傍らに地面のくぼみが目に入り、彼は大きく跳躍して穴の中に飛び込んでいった。穴はかなり深かったので、誰も空中にでも浮かばないかぎり、中にいる彼を見つけることはできそうになかった。ラウールは湿った地面の上にながながと身を横たえて声を張り上げた。「勉強がなんの役に立つんだ？　ここで生きていけるためには、野獣にならなければならない。僕にそんな真似はできっこない。僕はいい子なんだ。ああ、お母さん、お母さん！」

ラウールはその日の早朝のことを思い返した。まだ八時間しか経っていないなんて、そんなことがありうるだろうか？

八時間前、母親は下着姿で台所を歩き回り、しわがれた声を出していた。夜中に不幸があって起こされてしまったような感じだった。ラウールは泡立てた卵の入ったミルクを飲み干すことができず、悔恨の念に駆られながらカップを遠ざけた。「これが正しいことなんだよ、お母さん」と彼は言った。「正義は、これから僕が行こうとしているところにあるんだ。それどころか、僕は遅過ぎたくらいなんだ。僕のような、そして僕よりも立派な若者たちが、もう大勢行ってるんだ」

「よくわかっているわよ。おまえが正しい道に進もうとしていて、それにもう大勢の若者たちが行ってるってことくらい。だけど……」。結局のところ明らかだったのは、母親にとってはラウールが、他の若者たちとはまったく違う人間であるということだった。母親はさらに言葉を続けた。「ただ私が言いたいのは、もっと適当なときに行けばいいってことなのよ」

「だけどいつだって、そのときが適当なときなんだ。最初からそうだったんだ。それにもしも、みんなが適当なときなんか待っていたら、適当なときなんて、永久にやってこないんだよ」

母親は頭を振った。「まだ適当なときじゃないよ。考えてもごらん、アルバでパルチザンたちが、ファシストたちにどれほどひどい目にあわされたか。そうよ、まだ適当なときなんかじゃないのよ。ロンドン放送だってそう言ってるじゃないの」

セルジョはテーブルから立ち上がり、ためらいがちな足取りでドアに向かっていた。ドアのところから母親を見つめた。母親がこれほど薄着で、髪を振り乱しているのを見たことはなかった。まるで男のような、こわばったような母親の声を耳にしたこともなかった。ラウールは言った。「それじゃ僕が、みんなに臆病者って言われればいいっていうの?」

母親は強い口調で反論した。「誰もおまえのことを、臆病者扱いなんてできやしないよ。母親を悲しませたくなかったんだって言えば、おまえはそれでいいんだ。それに第一、法律だっておまえの味方なんだよ。王様の軍隊だって、未亡人から一人息子を取り上げることはできなかったんだからね」

ラウールは農作業場に出、母親は後についてきた。ラウールは振り返り、母親に戻るように、朝の五時にそんな薄着で外に出るもんじゃないと言った。母親は息子の言うことを聞かずに言った。「おまえに戦争の真似事なんて、できっこないじゃないか。何も知らないんだし、兵士だったこともないんだから」

「大丈夫だよ。心配いらない。自分の身くらい、ちゃんと守ってみせる」

母親は上空を見つめた。「いやな空だこと。いやな予感がするわ。どうしても行かなきゃいけないんだったら、空がもう少しきれいな朝にしたらどうなの。明日の朝だって、いいかもしれないのに」。それから息子が入り口の柵のほうに歩き始めたのを見て、大きな声で訊ねた。「どっちへ行くの？」

「カスティーノに行く。有名なマルコのところで、兵士になるんだ。だからうちからだって、せいぜい十五キロだよ。いまがヴァカンスで、おばあさんのところに行ってると思えばいいんだ」

鉄柵を通り過ぎたときに、母親は叫んだ。「セルジョ、セルジョ、お願いだよ。いつも真っ先に飛び出したりするんじゃないよ！　勇者になんて、なるもんじゃないよ！」

彼は振り返って母親に言った。「それじゃあ、お母さん。僕は駅のカフェに六十リラの借りが払っといてくれるかい」

もしも他の人たちに対しても頑なになることができたならば、自分を愛してくれている人たちに対して残酷であったのと同じくらい残酷になることができたならば、パルチザンたちの視線や言葉に対して自分がこれほど無防備であると感じることはなかっただろう。母親の言葉に耳を貸さなかったのと同じくらい、ズガンチャの言葉にも耳を貸さなかったならば、ズガンチャだってピストルの交換なんて汚い真似は、もちろんできなかっただろう。

窪地から外に出てきたとき、ラウールは空気の色で時間を読むことができた。きっと六時くらいだろう。時間は眠っている人に対するように、すみやかに流れ過ぎていた。しかし彼は眠っていなかった。どれもこれも支離滅裂な多くの思いをたどりながら、そんな物思いの中で、パルチザンたちが自分の想像していたような連中でなかったのは、パルチザンたちが悪いからだと考えた。それから、パルチザンたちに憤懣をぶちまけることができなかったのに、反対に、自分に対してこうして当たり散らすことができるのは、パルチザンを間違って想像していた自分が悪かったからだと考えた。

斜面の上に立ってみると、目の前に広がる丘陵地帯の山並みは、はやくも垂れ込めてきた十一月の夕闇の中に消えようとしている。ラウールはカスタニョーレの方角を見つめ、家に帰るには四つの丘を越え、それから平地をひとつ横切って行けばいいのだと考えた。向かいの丘の上に明かりが灯り、その最初の光に彼は決心を促された。すぐに出発すれば、十二時前には家に戻れるだろう。まだカスティーノの岩山の上にいたときから、自分の家のドアを押し開いて家の中に入り、一番近いところにある台所の椅子にくたびれ果ててへたりこむ自分の姿が、すでに瞼に浮かんでいた。戦場に向かうため明け方に身に着けた衣類を脱ぎ捨てたのと同じように、たくさんの思いを頭から投げ捨ててしまう。それでも自分自身に対する敬意まで失われることにはならないだろう。なぜならば、僕は自分自身の判断にしたがって身を投じた恐ろしい冒険から、自分自身の判断にしたがって飛び出してきたのだから。

もしも傾斜地をふたたび登り返し、カスティーノの道に出たりしたら、マルコのところの兵士たちに出会ってしまうかもしれない。ラウールは一度平地に下り、そこから四つの丘のうちの最初のひとつに取りかかることにした。しかし前方を見下ろしてみると、目の前には黒インクの湖のように、真っ暗で底の知れない谷間が横たわっている。それから突然、向かいの丘の斜面からオートバイのエンジン音が聞こえてきた。前照灯も見えず、どこを走っているのかもわからない。エンジン音は途切れ途切れで、ただいくつかの地点から聞こえてくるだけである。機械的な響きはすぐに失われて、ちょうど丘陵地をさまようオオカミの鳴き声のように、獰猛で、もの悲しく、人を威嚇するように暗闇の中を伝わってくる。ラウールは身震いした。パルチザンたちが巡回しているのだ。それもマルコのところのパルチザンたちではなく、キンやズガンチャやミゲルやデリオのような顔と心を持ち、しかも見知らぬ連中であるだけに、いっそう恐ろしいパルチザンたちだ。そんな男たちと、夜中に丘の尾根や谷底や道の曲がり角で出会ったりしたら、どれほど恐ろしいことだろうか。

カスティーノの鐘の音が時を告げた。六回の鐘の響きは、もの悲しくはあっても、ラウールの心に安らぎを与え、賢明で友情にあふれた忠告のように、ラウールを孤独から救い出してくれた。もう一度、大急ぎで斜面を駆け上がり、丘の上に戻ってみると、食堂のある農家の一階の窓からは光があふれている。ラウールは嬉しかった。

こうしてラウールは、パルチザンたちのもとにとどまることになった。夕食のときに、午後はずっとどこにいたのだと訊ねる者など、ひとりもいなかった。マルコも訊ねなかった。

夕食が済むとキンがやってきて、二時間の歩哨に立つ番だとラウールに告げた。任務のためにカービン銃を貸してくれた。

キンに指示された岩山に上り、ラウールは見張りを始めた。

夜間にひとりで武器を手にしていることに、ラウールは自分が初めての大きな感覚を覚えていることを意識した。パルチザンとして体験することが予期されていた多くの素晴らしい感覚の中でも、とりわけ心を惹かれていた感覚だった。見張りをしていることは、少しも恐ろしくはなかった。視覚は明敏になり、暗闇はあやしく蠢いているように思われる。谷底では木々の葉音が、流れ落ちる水の大きなざわめきとひとつになっている。それでも夜の闇の中に危険は感じられなかった。黒々と浮き上がる丘陵地帯に明かりは見えず、明かりは平野部が広がっているように思われる、はるか遠方の低い位置にしか見当たらない。振り返って農場を見下ろしてみると、明かりはすべて消えている。キンとズガンチャ、ミゲルとデリオ、そしてそれ以外の全員もすでに眠りについている。きっとあいつらは眠る前に、本当に僕を信頼してもいいのかどうか、少しくらいは自問してみたことだろう。

時を告げる鐘の音にも注意を払っていたので、自分の当番時間がすでに終了していることはわかっていた。それでも時間を超過して任務を続けていることに、少しも苛立ちは感じられない。なぜならば、農家に戻って眠りにつこうとしても、どこでどのようにしたらいいのかまったくわかっていなかったからであり、自分の不幸が再現され、もう一度不快な感覚に悩まされることが、目に見えていたからである。

鐘の音が、さらに一時間が経過したことを告げたときに、デリオがやってきて、カービン銃を受け取り、岩山を下りて眠ってこいと言った。

「どこで寝たらいいんだ？」

「家畜小屋さ」

「で、家畜小屋ってどこなんだ？」

「差掛け屋根の手前だ。そうそう、飼い葉桶で寝ないでくれよ。おれの場所だからな。そこで寝たら、おれが戻ってきたときに出てってもらわなきゃならない」

下りてくる途中で、ラウールは小道を見失い、そのままあきらめて夜露に濡れた牧草地を通って農家にたどりついた。

注意深く家畜小屋の扉を開け、一瞬、敷居の上で立ちどまった。中はまったくの暗闇で、奥からは家畜小屋らしい臭いが漂ってくる。闇の中で白っぽいふたつの塊が揺れ動き、それが、自分が入ってくるのを見ようとして向きを変えた二匹の牛であることがわかる。それでも横になっている男たちの姿はまったく見えず、寝息といびきは地中から聞こえているような気がする。

中に入り、右のほうに向かっていった。悲しくなるほど、どうしたらいいのか見当がつかない。足が誰かの体にぶつかったが、死体につまずいたかのように、なんの反応もなかった。ラウールは息も足の動きも止めて、その場に立ち尽くした。それからさらに先のほうを探る気にもなれず、身を屈めて、自分が横になれる空間があるかどうか、足先と手先で周囲を探り、その場で横になった。

いま彼はレンガ敷きの床に横になっていた。拷問を受けているようだった。入口の扉の下の隙間から、冷気が音もなく流れ込み、そのせいで体の最も敏感な部分が、いやがうえにも痛みを訴えてやまない。登山靴が足首に情け容赦なく重みを加えてくる。足首がじわじわと切断され、もうすぐ足首から先を中に入れたまま、登山靴がどこかに転がっていってしまうような気がする。激しい痛みをこらえながら、それでもラウールは靴を脱ぐわけにはいかないと思っていた。どうしても具合のいい姿勢を見つけることができず、なによりも頭をどうしたらいいのかわからなかった。羽の中に頭を収めることができる鳥たちは、なんと恵まれていることだろうか。

ときどき、牛たちが蹄で床を叩き、向きを変える体の重みで、藁が軋むような音を立てているのが聞こえてくる。

それからさらに寒さが増し、二匹の牛から発散されていた熱い息も途絶えていた。ラウールは膝立ちになって家畜の敷き藁のところまで進み、藁をふたつかみ手にとった。そのとき二匹のうちの一匹が排便し、ボトッという大きな音が響いた。ラウールは藁で顔を覆った。便の跳ね返りが飛んでくるような音を耳にしたからだった。元の位置に戻ると、腰を下ろし、藁を足の先に少しふりかけ、それからあらためて横になると、残りを腹と胸の上に広げた。

しかし居心地の悪さに変わりはなく、苦しみはいつまでも耐えがたかった。もしも見張りに出ているのがデリオ以外の誰かだったなら、外に出て岩山に戻り、見張りの仕事の手助けをすることは大きな慰めになっただろう。それからデリオのあとを引き継いだ者にも力を合わせ、そのようなことを繰り返しながら朝まで岩山にいることができたならば、どれほど嬉しいことだろうか。それでもラウールは疲れ果てていた。その日はいままでの人生の中で最も長い一日だった。「なんという気分の悪さだろうか。決して慣れることなんてできないだろう。こんなことには、永遠に」と、ラウールは心に呟いた。

ラウールは体中が重くなっていくことに気づいた。それは自宅のベッドの中で、自分を物憂げに微笑ませてくれた体の重みだった。なぜならば、体が重く感じられるというのは、快く、規則正しく、確実な眠りが、そっと忍び寄ってくることの兆しだったからである。しかしここでは、あるのは苦しみと危険ばかりだった。

実際、この薄汚い家畜小屋の外に広がる夜のことを考えたとき、ラウールは自分が歩哨に立っていたときに目にし、耳にしたように、夜が静かで安全なものであると想像することなどもはやできなかった。みんなの安全のために見張りをしているのがラウールではなく、デリオになってしまったときから、なにもかも変わってしまったとしか思われない。恐ろしい危険が自分たちに向かって、まっすぐにこの家畜小屋を目指し、ものすごいスピードで接近してくるような気がする。きっとあのはるか下方の平野部に見えていた、いくつもの光のところからやってきたのだろう。他の者たちはどうして、これほどまで安心しきって眠っていることができるのだろう？　翌朝の光を拝むことができると、みんなは本当に信じているのだろうか？

レンガ敷きの床が背中の後ろで崩れていくような感覚にとらわれ、ラウールは両足を広げて深い眠りに落ちていった。

激しい衝撃とともに、家畜小屋の扉が大きく開かれた。開かれた空間には、頭から足の先まで真っ黒な衣装で仮装した男たちがあふれかえっている。男たちは一歩前に進み、強力な懐中電灯の光を家畜小屋の隅々にまで走らせた。凶暴なその光で、最初に見分けることができたのは、寝藁のほうに向けられた彼らの武器の銃身だった。懐中電灯の光は、ラウールの顔の少し上を通り過ぎていたので、彼はまだ自分が見つかっていないと信じることができた。そのうち光の束は、無数の小さな月のように、数多くの白い円形状になり、パルチザン全員の顔をひとつひとつ的確にとらえ始めた。その人工的な光のせいかどうか、みんなの顔はどれもこれも死人の顔のようだった。まぶたは動かず、目は大きく見開かれている。真っ黒な衣装の男たちのひとりが大声で命令を下し、パルチザンたちは全員、藁の中から立ち上がった。ある者は両手をついて、ある者は背中を壁に擦りつけている。それから彼らは子牛たちの群れのように、家畜小屋から追い出されていった。ラウールは誰からもなにも言われず、肩に手を置かれたわけでもなかった。それでも彼は立ちあがり、仲間たちの最後尾についていった。入り口のふたつの扉を背にして、二列に並んでいた真っ黒な男たちのあいだを歩いていったとき、目に飛び込んできたのは、男たちの兜と襟の上で輝いていたサロ共和国の記章だった。

農作業場にはすでにデリオがいた。しかし体中が硬直してしまっているように、地面に横たわっている。パルチザンたちがその場に立ちどまり、デリオの姿を見つめるのを、男たちはしばらくそのままにしていた。それから突然四、五名が勢いよく走りだすと、デリオの死体を飛び越え、銃身を握って銃を振りまわしながら、パルチザンたちの中に飛び込んできた。大勢の若者たちを一か所に集め、農作業場の壁のほうへと追い立てていく。しかし、追いたてるまでもなかった。パルチザンたちは促されるまでもなく、進んで壁のほうへ向かっていった。足取りは緩慢だったが、それはおそらく、まだ目が完全に覚めきっていなかったからだろう。パルチザンたちは大勢だった。いなかったのはマルコとヨーレだけで、ふたり以外はカスティーノの守備隊の全員がそろっていた。壁は長かったが、全員が横並びになれるほどのスペースはなかった。何箇所かで、列は二重にも三重にもなっていた。ラウールは壁を背にし、ミゲルの広い背中に胸を圧迫されて、息が詰まりそうだった。キンがミゲルに小さな声で言うのが聞こえてきた。「マルコはヨーレと一緒に、他のところで寝てるんだ。だけどマルコだって、あいつらに見つからなくちゃ。じゃなきゃ、不公平だ」。兵士たちの一隊が行進し始め、パルチザンたちの前に整列した。ラウールは叫ぼうとしたが、歯のあいだから空気が漏れるような音しか出なかった。ようやく声を出せるようになると、彼は声をかぎりに「いやだ!」と絶叫した。同時にミゲルの大きな体を簡単に押しのけ、農作業場の真ん中に走り出て叫んだ。「いやだ、こんなのはいやだ!」。すぐに彼の行く手を遮ろうとした兵士ともみ合いになった。兵士は銃口をラウールのみぞおちに突きつけていたが、ラウールは叫ぶのをやめなかった。「こんなのはいやだ! 死ぬのがいやなんじゃない! 僕は他のところで、ひとりで死にたいんだ! こんなやつらと同じ壁を背にして死ぬなんて、まっぴらだ! 僕はこんなやつらなんか知らないんだ! こんなやつらなんか!……」

空はすでに白み始めていた。二匹の牛がすでに早朝の運動を済ませてしまったような、目覚め切ったさわやかな表情を浮かべている。ラウールはなんとかしてゆっくりと頭を起こした。自分の体に鉛の球が結びつけられているようだった。視線をめぐらせてみると、最初に目に飛び込んできたのはデリオだった。飼い葉桶に馬乗りになり、うなじを掻きむしっている。額にたくさんの皴を寄せている。

デリオはラウールに訊ねた。「よく眠れたかい、最初の夜は?」

デリオの声には少し意地悪そうな響きがあった。しかしおそらくデリオには、それ以外の声などなかったのだろう。

ラウールは言った。「君が殺される夢を見たよ。ファシストたちに、外の農作業場でね。嘘じゃない、本当に見たんだ」

デリオは言った。「そんな夢を見るなんて、おまえこそくたばってしまえ」。それでもデリオは笑っていた。

ラウールも笑い、ふたりは家畜小屋で寝ていたパルチザンたち全員をたたき起こした。

5 ブリステル親父

ブリステルが話しだしそうなそぶりを見せたとき、コッサーノのパルチザンたちは大声を出した。「黙ってろ。俺たちの顔に泥を塗ったくせに。モリス、この泥棒野郎を黙らせろ」

泥棒呼ばわりされたブリステルは、壁を背にしてスツールに腰かけていた。目の前には、自分たちが罪もないのに侮辱されたように感じているパルチザンたちが、一列になって並んでいる。しかしブリステルと彼らのあいだは、ほとんど大きな部屋いっぱいに広がる空間によって隔てられている。

隊長のモリスが言った。「しゃべりたいんなら、しゃべらせてやれ。こいつにはなんの意味もないことが、おれたちには時間つぶしになる。リッチョが判決を持って戻ってくるまで、待ってなきゃいけない」

セットは頭を振り、「またはらわたが煮えくり返るだけじゃないか」と言ったが、みんなはすでに体の向きを変え、ブリステルの話に耳を傾けようとしていた。

ブリステルは頭部をゆっくりと回し、みんなが自分の顔をどれほど痛めつけたか全員に見えるようにして、悲しげな口調で言った。「どうだ、おまえたちはブリステル親父をこんな目にあわせたんだぞ」

パルチザンのひとりが言った。「じゃ、どうしてほしかったんだ？　優しく撫でてほしかったのか？　この悪党野郎が」

ブリステルは頭を振り、相変わらず同じような口調で言った。「ずいぶんひどいことをしてくれたもんだな、おまえたちは。おまえたちのなかで一番年上の奴より、わしは少なくとも十五は年上なんだ。それくらい思い出してくれたってよかっただろう。もう白髪混じりだっていうのに、まだ十六だかそこいらのリッチョのような若造が、わしの鼻を殴りそこなったって文句言っているのを聞かなきゃいけなかったんだ」

モリスが口をはさんだ。「ここじゃ、歳なんて関係ない。大切なのは、真面目なパルチザンか、ただの泥棒かという違いだけだ。俺たちは誠実で、おまえは泥棒だ。だからおれたちはおまえをぶちのめしたんだ。それにブリステル、おまえはおれたちに感謝しなきゃいけない。おれたちは内輪でことを済ませたんだからな。最初はおまえを村のポンプに縛りつけて、通りすがりのパルチザンは誰でも一発ずつ、おまえを殴ってもいいようにするつもりだった。本当はそうすべきだっただろう。なにしろおまえは、パルチザン全員の名誉を汚したんだから」

ブリステルは言った。「それじゃ、わしもおまえたちに感謝して、殴られたことは忘れることにしよう」。ブリステルの口調は穏やかだった。衝動的な若者たちを教え諭そうとし、そしていで、だからその重みを時々軽くしておく必要があり、そうでもしないとおれたちは緊張のあまりたちはみんな若造で、それに反してわしは四十歳だからだ。人生はとても厳粛なにものかなのわしのところに来たじゃないか。というのも、わしは秘訣を心得ていたからだ。なぜならおまえにいった？　おまえたちは、ブリステルがまるで妊娠七か月で生まれた赤ん坊であるかのように、で、おまえたちはみんないつも上機嫌だった。気分が落ち込んだとき、おまえたちは誰のところ言って紹介し、わしの肩に手を置いてるところをみんなに見せていたじゃないか。わしのおかげわしのような年寄りはいなかったからな。そしてわしのことをおまえたちのブリステル親父だと出会ったとき、おまえたちはみんなにわしのことを指さしていたじゃないか。どの小隊にだって、ることを喜んでいたじゃないか。そんなことなかったなんて、まさか言わないよな。他の小隊とちのなかで一番の人気者だった。おまえたちの誰だって、わし以外の誰よりも、わしと一緒にいブリステル親父だったじゃないか。それにモリスには悪いが、わしはコッサーノのパルチザンたことになってしまったんだ？　何が起きたっていうんだ？　ついこの間まで、わしはお前たちのえたちはおれが大嫌いになったんだな」。彼は両手を合わせて訊ねた。「だけど、どうしてそんな

　誰ひとり動こうとしなかった。ブリステルは少し待ち、それから言った。「わかったよ。おま

ち着かない。慣れていないんだよ」

よう。だけど、もう少しそばに来てくれないか。おまえたちがそんなに離れていると、わしは落つかは教え諭すことができると確信している年配の人間のようである。「他の話をすることにし

みんな死んでしまうということを、わしは経験で学んでいるからだ。モリスがやってきて、明日にはいままでなかったような大規模な掃討作戦が行われるだろうと言った日のことを、おまえたちは覚えているだろう。実際にはそんなものはなかったが、モリスがいけなかったわけじゃない。なにしろモリスはカピターノに言われたことをおれたちに伝えただけなんだから。しかしその日の夜、おまえたちはみんなすっかり意気消沈し、不吉な予感でいっぱいになっていた。そのときわしがなにをしたか、おまえたちは覚えているだろう。十二時ごろ、わしは笑い話を次から次へと話し始めた。おまえたちはいつまでも笑い続け、そのまま朝になり、そして結局、掃討作戦なんかなかった。いまあの日の夜のことを考えると、わしは胸を締めつけられる思いだよ。あの時から何も変わっていないようにするためなら、わしは何をなくしたってかまわないだろう」。こう言うとブリステルはふたたび両手を合わせた。「だけどなんでおまえたちは、わしに対してこんなに変わってしまったんだ。わしのちょっとした悪ふざけのせいか？」

「悪ふざけだって」とモリスが言った。「おまえの悪ふざけが法律ではなんて呼ばれているのか、教えてやろうか。強盗っていうんだ。おまけにおまえはパルチザンの恰好をしていた」

「あんたの言うとおりかもしれない、モリス。わしは盗みを働いたのかもしれない。だけどわしにもよくわかっていないんだよ。わしにしてみれば、おかしな真似をしてしまったのは酔っぱらっていたからなんだ。それだけなんだ」

セットが口をはさんだ。「そんなことは言い訳にならねえ。それはおまえが強盗だっただけじゃなく、おまけに薄汚い豚野郎だったってことだ」

「ほっといてくれ、セット」とブリステルは言った。「わしは本当に酔っぱらってたんだ。まあ、聞いてくれ。わしは丘を歩き回っていた。カービン銃を肩から斜めにぶら下げていた。ブリステルが真面目にパルチザンの仕事をしていないなんて、誰にも言わせないためだ。途中でわしは喉が渇いてしまい、最初に目に入った農場に入り、主人にワインを一杯くれと頼んだ。よくあることじゃないか。どっかの農場に行って、ワインを一杯頼んだことがない奴がいたら、手を挙げてみろ。ほら、誰もいないだろう。主人はコップをとろうとして食器棚を開けたので、食器棚の中にあったマルサーラの小瓶がわしの目の中に飛び込んできた。そこでわしはワインの代わりにマルサーラを一杯くれと頼んだ。主人は断らなかった。そして結局わしはマルサーラの小瓶を全部飲んでしまったんだ。主人は文句も言わなかったし、だいたいわしくらいの歳になると、体が少し強い奴がほしくなる。それでわしはみんな飲んでしまったんだ。しかしその農家で、わしは悪いことは何もしなかった。なぜなら、マルサーラが体に利き始めたのは、わしが一キロばかり離れてからだったからだ。しかし、聞いてくれ。わしはまた喉が渇いてしまった。そこでわしは他の農家に入っていった。そこには主人と細君がいた。誓って言うが、わしは細君の腹がふくらんでいることなんか、まったく気がつかなかった。わしはグラッパを一杯頼んだ。確かにちょっと態度はでかかったかもしれない。わしだってそれくらいは認めるよ。それで結局、わしはグラッパを三杯飲んでしまった。すると体の中で、何かがブチ切れたようだった。気がつくと、肩にかけていたカービン銃を手にして、テーブルの上にあったランプに一発ぶっ放し、さらに食器棚のガラスにもう一発ぶっ放していた。女房は両手を上げて金切り声を出し、主人は大きな声で言った。『妻は妊娠しているんだ。お願いだ、脅さないでくれ。でないと、とんでもないことになってしまう』。わしはもう、何がなんだか、さっぱりわからなくなっていた。ただもう弾を打ち込むものを探していただけだった。すると主人がおれの後ろに回り込み、不意にわしを突き飛ばして、家の外に追い出し、入り口にかんぬきを掛けてしまった。外では鎖につながれていた犬が、わしに飛びかかろうとしていた。わしは一発お見舞いし、犬はあっけなく死んでしまった。わしはでれでれに酔っぱらっていたし、頭はどうかしていたし、それにとんでもない卑劣漢だったってことくらい、わしにもよくわかっている。とりわけあの腹のふくらんでいた女房と可哀そうな犬に対して。しかし、もしもこのへんでやめておけば、おまえたちだってここまでわしをひどい目にあわせたりしなかっただろう」

誰も返事をしなかった。ブリステルは両手を顔に当てたが、そっと触れただけで、嘆かわしい声を出した。「なんて痛むんだ。わしは顔に触らずにいられない。だけど、ちょっとでも触れると、焼けた鉄を当てられたみたいだ。もう話すこともできない」

「こいつに水を持ってきてやれ」とモリスはジムに言い、それからブリステルに言った。「なにもいつまでも話さなくたっていいんだぜ、どうせ壁に向かって話しているようなもんだ。第一、おれたちにはもうどうすることもできない。おれはリッチョに、判決を受け取りにカピターノのところへ行ってもらった。カピターノは誰よりも名誉を重んじる男だ。ファシスト共和国の兵士ひとりを許すことはあっても、盗みを働いた仲間のひとりを許したりはしないだろう」

ブリステルは震えていた。「リッチョをカピターノのところへやったのか。ああ、モリス、おまえはなんて意地悪なんだ。それならそうと言っておいてくれたら、わしは真っ先にリッチョに話していたのに。なにも秘密の話なんてするわけじゃない。わしはただリッチョに、わしが誰であるか、カピターノに伝えてもらいたかったんだ。カピターノには部下がたくさんいるから、全員を覚えていることなんかできやしない。わしは一度だけカピターノに話したことがある。そのときカピターノは『たいしたもんだ、ブリステル』と言ってくれた。このときのことをわしはカピターノに思い出してもらいたかったんだ。それをリッチョに頼むことだってできたのに」

モリスは頭を振った。「おまえは今度もきっと、たいしたもんだ、と言ってもらえるだろう。ただ、声の調子が全然違っているってことくらい、おまえにだってわかるだろう」

ジムが杓子を持って戻ってきた。ブリステルは両手で杓子を受け取り、水を飲んだが、ほとんどこぼしてしまった。

セットはその様子を少し見つめていた後で言った。「何やってんだ。下手な芝居はよせ、ブリステル」

ブリステルは視線を上げてセットを見、杓子を下ろした。「わしは芝居なんかしていない。おまえにだって、わしの唇が裂けてるってことくらいわかるだろう。もっとも、いま考えてみれば、おれをこんな目に合わせたのは、きっとおまえなんだ。なにしろ、こんな強い力で殴れる奴なんて、ここにはおまえしかいないからな。おまえは一度だって、おれの友達だったことがない」

「そうかもな。いまとなっては、おまえの正体をちゃんと見抜いていたといえるのは、おれくらいなもんだろう。おれはいつもおまえを警戒していた。おれたちのような若者たちの中に、おまえのような年寄りがいったい何しにやって来たんだか、おれにはわからなかったからだ。おれは怪しい奴だと思っていた」

ブリステルは言った。「おまえが人を怪しいと思うのは、何も理解できない連中とか、理解できたときにはもう手遅れだっていうような連中と同じことだ。ここにいるのはみんないい奴ばかりなのに、おまえだけは違うようだ。セット、わしはおまえのことが恐ろしくなってきたよ」

セットはいまにも笑い出そうとするように、口を大きく開けて言った。「名誉なことだな。悪者に怖がられるなんて」

ブリステルは静かに言った。「だけどわしには、自分が悪者だなんて思えない。そう言ってるのがおまえだったりすると、よけいそうは思えなくなる」。ブリステルは肩をすくめ、他の若者たちに向かって言った。「さて、水も飲ませてもらったし、話を最後まで聞いてもらうことにしよう。ただ本当のところを知っておいてもらいたいからだ。わしは酔っぱらっていた。そしてグラッパを飲んだ農場から、他の農場へ行った。眠りたい気分、それもベッドで眠りたい気分だった。もしかしたら、飲み過ぎていたからかもしれない。それでもわしには、その農場はなにやら怪しげに見えた。静まり返っていたし、真っ昼間だというのに、扉はみんな閉められていた。番犬さえいなかった。三、四回ドアを叩くと、ひとりの年寄りがドアを開けに来た。それでも扉はほとんど開けず、入口の隙間をほんの少し広げただけで、わしの顔をじっと見つめていた。確かにわしの顔は少し歪んでいたかもしれない。それでもわしはそんなに悪い人相だったとは思わない。それなのに年寄りは、きっとわしの顔が怖くなったんだろう、少しずつドアを閉めようとし、ドアを閉めながら、立て続けにこんなことを言いやがった。『わしはパルチザンに仔牛を一匹やったこともあるし、中身が半分豚肉のサラミもやったこともある。油用のハシバミを1キンタル、ワインの大瓶を二本やったこともある。パルチザンにドアを閉ざしたことなんか一度もないし、これからだってそんなことは決してしないだろう。しかし、ひとりで歩き回っているパルチザンというのは、わしはどうにも虫が好かないんだ』。年寄りはわしを説得することができたと思い、ドアをまだ少し開けたままにしていたが、多分わしが立ち去っていくのを確認するつもりだったんだろう。しかしわしはすっかり気を悪くしてしまった。わしは酔っぱらっていた。わしは乱暴に肩でドアを押し開け、中に入っていった。室内はうす暗く、若い女がひとりいた。わしにはまるで、魔法かなにかで突然姿を現したように思われた。年寄りは怖くなって、わしに言った。『これは息子の嫁だ、息子はロシアで捕虜になった』。しかし女のほうは全然怖がらず、わしに向かって山のような質問を浴びせ始めた。あんたは誰なんだとか、あんたの司令官は誰なんだとか、何をするつもりなんだとか、とにかくわしのような状態の人間にとってはあまりにも質問が多過ぎた。そんなふうにあれこれと訊かれているうちに、わしは考え始めた。《こいつらはわしを疑っている。疑っているってことは、疚しいことがあるってことだ》。わしは周りを見回した。最初に目に飛び込んできたのは、ファシストの団旗だった。部屋の一番うす暗いところに飾ってあった」。

モリスが口をはさんだ。「団旗なんかじゃない。女性のご主人がダンスのコンクールで獲得した旗だったんだ。実際そこには《ダンス競技会。一等賞》って、ちゃんと刺繍も入っていた」

ブリステルは言った。「それをあんたが知ってるってことくらい、わしだってわかってるよ、モリス。昨日、わしの裁判のとき、女はそう言っていたからな。だけどわしはファシストの団旗だと思ったんだ。それにわしだけじゃなくて、誰だって、もしもパルチザンでおまけに酔っぱらっていたりしたら、団旗だと思っただろう。そこでわしはふたりをファシスト呼ばわりし、おまえたちはスパイだと怒鳴りつけ、カービン銃を向けて、ふたりとも壁のところに立たせた。年寄りは泣き始めた。しかし女は金切り声を上げ、壁のところにいようとしなかった。わしは女を、三回も壁のところに押しやらなければならなかった。それからわしはふたりに言った。『おまえたちはファシストの団旗を持っている。だからムッソリーニの肖像画だって持ってるかどうか、確かめないわけにいかない』てな」

「だけどおまえは、肖像画のかわりに金を見つけて、みんな自分のものにしてしまったじゃないか」

「わしはふたりがファシストだと思ってたんだ。ファシストに金を持たせておくような奴がいるだろうか」

モリスは言葉を続けた。「それからおまえは、カスティリオーネの男のところに金を売りに行った」

「だけど、じゃあ、他にどうすりゃよかったんだ」

セットが口を開いた。「確かにおまえには、他にどうすることもできなかっただろう」。セットの全身は怒りで震えていた。少し前に、ズボンを胴まわりにきちんと合わせようとして、ベルトを弛めたところだった。それがいまでは指が震え、バックルをきちんと摑むこともできなくなり、もうどうにもベルトを締めることなどできなかった。セットは言った。「だけどおまえはもう、何をどうすることもできなくなるだろうさ、カピターノさえオッケーならな」

ブリステルは顔を上げて訊ねた。「だけど本当にこんなことで、わしがいま話したようなことで、おまえたちはわしの命を奪ってしまおうっていうのか。それだったらむしろ、わしがファシストたちに捕まってしまうようにしたらどうだ。そのほうがパルチザンにふさわしい罰じゃないか。もしもわしが死んでしまうことを本当におまえたちが願っているのなら、今夜にだって、わしをアルバに行かせて、わしひとりで検問所を襲撃させればいい。わしは行ってくるよ。もちろん、わしひとりではうまくいきっこない。ファシストたちはわしを撃ち殺し、おまえたちは満足するだろう」

みんなは嘲るように大笑いし、モリスは言った。「おまえをアルバに行かせたりしたら、おまえは大喜びだろう。確かにおまえはアルバに行くだろうさ、そんなことは誰も疑っちゃいない。だけどそれから、検問所の五〇メートルほど手前で、おまえは銃を放り投げ、両手を挙げ、パルチザン部隊から逃げてきたと叫ぶんだ。ファシスト共和国の兵士になりたいとか、信じてくれたらコッサーノのパルチザン全員を一網打尽にさせてやるとか叫ぶだろう。ブリステル、おまえをアルバに行かせたりしたら、おまえは大喜びだろう」

モリスが話し終える前から、ブリステルは両手を前方に突き出し、モリスの言葉を打ち消そうとしているかのように、両手を振りまわしていた。彼は言った。「ああ、モリス、おまえは公平じゃない、おまえの言うことは間違っている。わしは泥棒呼ばわりされても仕方ないかもしれないが、裏切り者扱いされる筋合いなんてない。これっぽっちもない。パルチザンとしてのブリステルに、ケチをつけられる奴なんて、ひとりだっているわけがない。わしはいつも、パルチザンの務めを立派に果たしてきた。特別なことは何もしてないかもしれない。だけど、それは誰だって同じようなものだろう。いや、待ってくれ、いま思い返してみると、おれはすごいことをやってるんだ。アルバの戦いが終わったときだ。ファシストたちはアルバの司教を介して、戦死したパルチザン兵士の遺体を引き渡す用意があると、おれたちに伝えてきた。仲間たちの遺体を引き取りにアルバに行き、大勢のファシストたちの真ん中に入っていった六人の中に、ブリステルはいただろうか、いなかっただろうか。遺体はすでに棺に納められて、道路の敷石の上に並べられていた。周囲には、頭に鉄兜をかぶり、手袋を手にしていたサロ共和国の将校たちが居並んで、わしらが到着するのを待っていた。わしらはあの黄色いドイツのトラックを使って、アルバに乗り込んでいった。トラックが戦利品であることは誰の目にも明らかだった。ドイツのトラックに乗って行ったのは、一方的に敗れただけではないということを示すためだったんだ。共和国の将校たちはドイツのトラックを見て、鼻にしわを寄せていたが、何も言わなかった。わしらが棺をトラックに乗せ終えたとき、将校のひとりがわしのところにやってきた。多分わしが一番年上だったからだろう。そしてわしのほうに手を伸ばして握手を求めてきた。しかし、もしもそのときわしが将校の手を握ったりしたら、わしは卑劣漢と言われても仕方なかっただろう。緊張の瞬間だった。このときのことを窓から眺め、いまにも何か起こるのではないかと恐れて、息を止めていたアルバの住民たちに訊いてみるがいい。十一月三日のことだ。そして、確かにこれは特別なことだった。考えてもみろ、生きている者が、仲間の遺体を引き取るために命を懸けることがもしも特別なことでないとしたら、いったい何が特別なことだと言えるんだ。だから、ブリステルが本物のパルチザンかどうかなんて、問題にするんじゃない。それよりもおまえたちこそ、ブリステルの命を奪う前に、そんなことをしていいのかどうか、良心に問いただしてみることだ」

パルチザンたちはブリステルを部屋に残し、列になって外へ出て行った。ブリステルが気のつかないうちに、モリスが何か合図をしたようだった。

「みんなは食事に行くんだ。もう昼なんだろう」とブリステルは考えた。「昨日から、わしにはもう時間がわからない」。ブリステルは心臓が、体内に生じた空間の奥底へと、どこまでも落ちていくような感じを覚えた。自分の話をみんなに聞いてもらっているあいだは、自分が守られているような気分だった。沈黙と孤独の中では、自分が消え失せていくような気がする。列の最後尾にいたパルチザンたちの顔を見つめ、自分の言葉の効果を読み取ろうとした。目に飛び込んできたのは、セットの顔中を覆っていた暗い影だった。セットはモリスに腹を立てているようだった。最後にモリスが部屋を出て行った。ブリステルは部屋の奥からモリスに声をかけた。「モリス、わしがみんなと一緒に食事に行けないことくらいわかっている。だけど、モリス、ときどき時間くらい教えてくれよ」

モリスはうなずいた。彼が出ていくと、鍵が二回、鍵穴の中で回された。

みんなは他の部屋で食事をしていた。皿やガラスの食器やナイフやフォークが触れ合う音が聞こえてくるが、人声はしない。「食卓ではみんなおしゃべりに熱中するし、ときには大騒ぎになる。今日はそうじゃない。今日、みんなは食べながら考えている。わしの話のせいだ。みんなブリステル親父のことを、いまさらのように思い出しているんだ」。ブリステルは思わず笑みを漏らした。

少しすると、見張りがドアを開け、コックが肉とパンを皿に載せて入ってきた。コックはほとんど室内に入ろうとせず、犬に餌をやるように、入り口のそばの床に皿を置いた。ブリステルはそれでもコックにお礼を言った。しかし、コックはこう言った。「礼ならモリスに言うんだな。

モリスは鬼になりきれないんだ。おれだったらこんな肉は、おまえにやるくらいなら足で踏みつぶしてやるところだ。第一、まったくの無駄でしかない。いまさら、おまえのためにだってなりゃしねえ」

コックは出ていったが、おそらく入り口の外に置いてあったふたつのものを手にして、すぐに戻ってきた。水の入ったバケツとぼろぼろになったタオルだった。それらを床に置くとコックは言った。「おまえの顔を洗うためのものだ。外に連れ出されるまでに、顔をきれいにしておくんだな」。それから部屋を出ていくと、もう戻ってこなかった。

ブリステルは食べ物には触れず、バケツを取り、スツールのところまで持っていった。腰を下ろして、バケツを足のあいだに置いた。顔を洗い始めたが、手を触れるたびに、顔面に焼けるような痛みを覚えた。そこで指先を水に浸し、顔面に水を振りかけた。香水を顔にふりかけている人のように、そんな行為を楽しんでいるように見えた。

ドアの向こうから人の話し声が聞こえてくる。ブリステルはバケツを横にのけ、爪先立ちになり、顔から雫を垂らしながら入り口のところまで行き、聞き耳を立てた。モリスとセットの声だった。

モリスが言っていた。「リッチョは何をしているんだ。まだ戻ってこない。あいつはブリステルがしたことに誰よりも腹を立てていたんだがな」

セットは言っていた。「おれにやらせてくれ。おれはファシストをやるように、やってやる」

モリスはこう言った。「そいつはまだ約束できない。リッチョが親衛隊と一緒に戻ってきたら、おまえは親衛隊の手からブリステルを取り上げなきゃならない」

「だけど、おれたちのうちの誰かがやるっていうんなら、どうしてもおれにやらせてほしい。ところでどこでやるんだ」

「マドンナ・デル・ロヴェーレがいいだろう。場所としては少し遠いが、あそこなら問題がない」

セットは場所にはあまり関心はないようで、こう言っただけだった。「本当に、モリス、おれは全然ためらわずにやってやるよ、タバコを咥えたままでな」

ブリステルは一言も聞き漏らさず、その挙句にこう考えた。「あいつらは自分たちの話をわざとわしに聞かせたんだ。つまり何もかも芝居なんだ。わしを怖がらせたいだけで、あとは水に流すつもりなんだ。わしを苦しめたいんだ。だけどわしはもう、自分がどうしたらいいのかよくわかっている」

ブリステルは笑みを浮かべ始めた。それから中庭で喚声が上がり、その声でリッチョが戻ってきたことを知ったときにもまだ笑みを浮かべていた。

ブリステルはドアの前に行き、鍵が二回まわされるのを待った。いまやすべては、リッチョがひとりで戻ってきたかどうか、親衛隊と一緒でないかどうかにかかっていた。コッサーノの守備隊ならばただの芝居に興じるということもあるだろう。しかし親衛隊の連中までもが同調して芝居だけをするというのは考えにくい話だ。連中はこんなつまらないことだけのために手間暇かけたりしないだろう。こうしたことに関して、あいつらはおそろしく生真面目だからな。

しかしドアが開かれたとき、モリスとリッチョの後ろに押しかけていたのは、全員ブリステルの仲間たちだった。みんな魅入られたように彼を見つめている。

モリスは手帳の紙の切れ端を拡げ、みんなが押し黙っているなかで銃殺刑の宣告を読みあげた。それから言葉を続けた。「おまえには言っておいたはずだ。カピターノはこうしたことは許さない、と。カピターノはおまえのことを恥じている」

ブリステルは両腕を左右に拡げ、それから両脇に垂らした。モリスは身を乗り出してブリステルの顔を観察した。殴られたせいで仮面をかぶっているように見えたせいか、あるいは他のなんらかの理由によるのか、ブリステルはずる賢そうな笑みを浮かべているようだった。

一行は村を後にした。みんなの足取りは葬列につき従う人々のように重苦しかった。一軒の農家の外付け回廊に、若い娘が顔を出した。娘はパルチザンたちと親しく、ブリステルのことはなにもかも承知しているようだった。その証拠に、回廊の上からブリステルを目にしたときの娘のまなざしは、村の出口のところからブリステルを見送ったときのパルチザンたちのまなざしとまったく同じだった。ブリステルは頭上を見上げ、娘にウィンクし、農家の前を通り過ぎた。

ブリステルはモリスとセットに挟まれて列の先頭を歩いていた。ときどき後ろを振り返り、ちらりと後ろの列を眺め、ふたたび前を向いたときには、訳知り顔の笑みを浮かべていた。

一行はベルボ川の橋を渡り、平坦な道に入っていった。マドンナ・デル・ロヴェーレの谷の入り口はその先だった。

モリスは後ろを振り返った。六人ほどの部下が列から離れ、両手をポケットに突っ込み、頭を胸に垂れて、いつまでも橋の上でぐずぐずしている。モリスはセットに先に進むように命じて、橋に戻っていった。

モリスが戻ってくるのに気がつくと、ジムは身を屈め、一生懸命、靴の紐を締め始めた。モリスはジムの前まで来て言った。「靴ひもを締めるふりなんかしたって無駄だ。起きろ。おれにはちゃんとわかっている」。モリスはみんなの顔を、ひとりひとりじっと見つめて言った。「はっきりしろ。どうしたんだ。ブリステルがとんでもない悪党だってことが、まだ納得できないのか。それで処刑につきあいたくないのか」

ジムは言った。「納得してるかどうかってことなら、おれたちだって納得してるよ。それでもやっぱり、おれたちは気が進まないんだ。おれたちはいつだってブリステルと一緒で、怒らないでくれ、モリス、おれたちは戻らせてもらうよ」

しかしモリスは腹を立て、厳しい口調で言った。「おまえたちは心が軟弱なんだ。だけど好きなようにしろ。ただはっきり言っておくが、マドンナ・デル・ロヴェーレに行く者たちは、正義を行使しにそこに行くんだ。これだけは肝に銘じておけ」

ジムは言った。「それくらいわかっているよ、モリス。そうじゃないなんて、誰も言いやしないよ」。モリスは列の先頭に戻っていった。

ブリステルは後ろを歩いていたパルチザンに文句を言っていた。「わしの踵に突っかからないでくれよ、ピエトロ」

ピエトロは意に介さなかった。「おまえがさっさと歩きゃいいんだ」

ブリステルは言った。「わしは歩いている。だけどおまえのようには歩けないってことくらい、わかってくれ。おまえとは歳が違うんだ」。それからモリスが近くにいるのに気がつくと、どこに行ってたんだと訊ねた。モリスは靴の紐を締めなおすために立ち止まっていたと答えた。ブリステルはモリスに笑いかけた。自然な笑顔だった。それからウィンクして、こう言った。「モリス、わしに向かってそんなに陰気な顔をするなよ。まったく、おまえって奴は、本当に冗談が好きなようだな。おまえたちはみんなとんでもない道化役者だ。なかでもセットの演技は特筆もんだよ。もっともあいつは生まれつき陰気な顔をしているから、そのせいもあるんだろう。みんなわしを銃殺する気なんて毛頭なくて、もうわしのことをほとんど許していて、体裁なんか気にしなくていいんだったら、わしに対する態度だって、もう以前と同じようになっていただろう。なにしろブリステル親父のいないコッサーノの部隊なんて、誰にも考えられないんだから。だけど、おまえたちはこう考えた。もしもわしに何もしなかったら、わしはあまりにも簡単に助かってしまうことになる。だから少しくらいわしに代償を支払わせようって。だけどわしは、おまえたちが銃殺と墓掘り以外はなにもかも規則通りにするだろうということが、もうわかってしまったんだよ。おまえたちはただわしを動顚させ、怖がらせ、わしに教えを垂れようとしているんだ。おまえたちにとって、わしはもう充分罰せられている。おまえたちはわしが跪いて、両手を合わせて許しを請い、ズボンの中に小便を漏らすことを望んでいる、ただそれだけのことなんだ。なのに、ただそれだけのことなら、なんでまたみんな揃いもそろってロヴェーレくんだりまで、足を延ばさなきゃいけないんだ。コッサーノの中庭で充分じゃないか。なのにそうしないで、ただの猿芝居のために、ロヴェーレまで行くなんて。なんて遠いんだ、やになっちまうぜ」

ブリステルは文句を言うために足を止めていたので、モリスもセットも列の前のほうを歩いていた者たちも、みんなブリステルと一緒に立ち止まらなければならなかった。セットは苛立って、突然歩き始め、ブリステルを急き立てて、しわがれた声で言った。「おれがおまえだったら、こんなときに、やになってちまうぜ、なんて言わなかっただろう」

ブリステルはなにか感づいたように顔を伸ばした。しかしすぐにふたたび笑みを浮かべ、セットのほうを流し目で見つめ、「おまえたちがやってることは、みんな猿芝居なんだ」と言った。「ここまでは上手にやっていたが、もういい加減、うんざりしてるんじゃないのか」

谷に入って行くと、どの麦わらの山からも番犬たちが激しく吠えたてて、鎖をガチャガチャと鳴らして始めた。

モリスは犬たちの騒ぎを少し我慢していたが、そのうち苛立って叫んだ。「この畜生たちが絞め殺されないなんてことがあっていいのか？」

ブリステルは静かな口調で言った。「こいつらはパルチザンの最悪の敵だな。ファシストたちのすぐ後からやってくる」

ピエトロは先に進み、モリスに頭で合図した。彼は農場に下りてゆき、列の後方にいた男たちは歩みを止め、道の端でピエトロが戻ってくるのを待っていた。ブリステルとモリスとセットと他の数名は、さらに先に行き、栗林の中に入っていった。下方から、なんと言っているのかよくわからない叫び声が聞こえ、それに続いてモリスを呼んでいる人の声がはっきりと聞こえてきた。

モリスが道に戻ってみると、下方に見えていた農場の作業場で、ピエトロがなにも持たずに両手を上げ、横にいた年老いた農夫を指さしているのが目に入った。それから両手をラッパのようにして口に当て、大声を出した。「おーい、モリス、貸してくれないんだよ！」

モリスは叫んだ。「なんで貸してくれないんだ？」

作業場では、老人が表情ひとつ変えずに立っていた。

ピエトロは叫んだ。「前にも貸したことがあるんだけど、まだ返してもらってないんだってさ！」

モリスは農夫に叫んだ。「貸してやってくれ。おれはモリスだ。かならず返す。おれが保証する！」

ピエトロと農夫は差し掛け小屋の中に姿を消し、それからすぐにピエトロが肩に鍬を担いで坂を登ってくるのが見えた。ピエトロが登ってくるあいだも、道に戻ってきてからも、みんなの視線はじっと鍬に注がれていた。

モリスはピエトロに言った。「これからおれたちはブリステルを、どこか開けた場所に連れていく。だけどおまえはどこか人の通らない荒れたところに、穴を掘っておいてくれ。充分に深くだ。何か飛び出したりしないように」

ピエトロは言った。「わかったよ。しかし今晩の夕食のときに、おれのそばではめしを食いたくないとか、手を二回洗ってこいなどと、誰かに言われるのだけは真っ平だな。わかるだろ、頼んだぞ」。そう言うとピエトロは、鍬を持って横の小径に入っていった。

コッサーノのパルチザンたちは、開けた林間の空き地で歩みを止めた。二列に並び、ボッチェの試合の開始を待っている人々のように、中央に広い通路を開けていた。ブリステルが通路の端に姿を見せると、みんなはポケットから手を出し、少し後ろに下がった。

ブリステルは激しい怒りに駆られているようだった。「おまえらは勝手にするがいい。だけど、気の利いた冗談というのは、いつまでもやるもんじゃないんだ」。彼はモリスを見つめた。こんな猿芝居をやめさせることができるのは、モリスだけだった。

モリスは栗林に耳を傾けていた。ピエトロの鍬が地面を掘り返す音が聞こえてくる。優しい響きだった。モリスはブリステルを見つめた。鍬の響きがブリステルにも聞こえているかどうか確かめるためだった。しかしブリステルの表情からは、鋤の響きが聞こえているようには見えなかったので、モリスはブリステルが本当にもう若くはないのだと考えた。

しかし鍬の響きはブリステルの耳にしっかりと届いていた。ブリステルはその意味を理解し、いつも口をぽかんと開けている痴呆の人間のように、泣きじゃくるような声を出した。それから長い谷間にいたすべての犬たちの耳を立たせてしまうような声で「ラウール！」と叫び、列のあいだの空間の奥に姿を見せていたセットのほうへ走り出した。ブリステルはセットの銃の銃口をふさごうとするかのように、両手を前に突き出して走って行ったので、最初の数発の銃弾は、彼の手の平に穴をあけた。

6 もうひとつの壁

ふたりの衛兵は一歩ごとに爆竹を踏みつけるような音を立てていた。マックスは胸に手を当てながらふたりの前を歩いていた。

指先にはすぐに胸骨の存在が感じられる。雪の二か月間、丘の上で飢えに苛まれ、マックスの身体は自分でもびっくりするくらい痩せていた。もう皮膚と胸骨のあいだに肉の気配はない。銃弾はあっという間に胸骨を打ち砕いてしまうだろう。マックスは指先で皮膚をつまみ、一瞬歩みを止めた。兵士のひとりに肘で背中をつつかれ、ふたたび歩き出した。

「何もかもこれで終わりだ」と、マックスは内心声を張り上げた。「僕は銃殺される。友達なんかクソ喰らえだ。僕がパルチザンになったのはあいつらのせいだ。あいつらがパルチザンだったからだ。自由のための闘いなんて、きれいごとを言っていた奴らこそ呪われるがいい。マンマはあいつらのところへ行って、人殺し！　って面と向かって罵倒すべきだ」

おそろしく長い玄関ホールに面してドアがどこまでも並んでいる。ドアのいくつかからは「カプラーラは巡邏に出るべし」とか、「誰かグエッリーニ中尉を見かけた者はいないか」とか、兵舎に特有のありふれた言葉が飛び出してくる。もちろんイタリア語である。しかしマックスの耳には、道に迷った白人の男を捕まえて生贄に捧げようとしている大勢のアフリカの蛮族たちの、意味不明で恐ろしい叫び声のような気がしてならない。生贄に捧げられた白人とは、もちろん自分のことである。

暗がりの中にドアがひとつ、ぼんやりと浮かび上がっている。そのドアのほうに向かい、それからさらに地下に通じる階段をふたつ下りていく。階段の途中から、両目は寒さのせいですでに涙に潤み始めている。かすかな光が見えるようになり、マックスは手の甲で涙を拭った。

階段を降りると、天井の低い狭い廊下がどこまでも続き、その奥のほうで小さなランプが心細い光を放っている。その光の輪の中に歩哨がひとり立っている。三人の姿に気がつくと、歩哨は壁から離れ、片手を前方に突き出しながらマックスのほうに近づき、激した口調で言った。「ちょっと待て、この裏切り者の鼻面をおれに見せろ」。しかしふたりの衛兵は歩哨を待たず、歩哨がすぐそばまで来たとき、マックスはすでに監視窓のあるドアの向こう側だった。

鍵穴から鍵が抜かれ、マックスは振り返って部屋の中を見回した。周囲は井戸の底のように薄暗い。天井の一角に作られた揚げ戸から、灰色がかった光が垂れ下がったクモの巣のように差し込んでいる。部屋の中は貯氷室も同然だった。マックスは一瞬にして全身を寒さに締めつけられた。ちょうど寒さが最初の拷問のようだった。

誰かが呼吸する音と藁が軋むような音が聞こえ、ひとりの人間の姿のようなものが立ち上がったようだった。

「おまえもパルチザンか？　運がなかったんだな、おれと同じように」

若い男の声だったが、ひどくしわがれて聞こえてくる。

マックスは返事をしなかった。相手から視線をそらさず、天窓の下の明るい場所に移動した。相手はマックスについてきた。顔は黒いあざだらけで、肉が腫れあがり、両眼は腫れあがった肉の中に半ば埋もれている。それでも視線には貪欲な好奇心が見てとれた。マックスは気分が悪くなった。男は言った。「これでもずいぶん良くなったほうだ。殴られたすぐ後のおれを見せてやりたかったよ」。男は身を乗り出し、マックスの顔をじっと見つめた。男の息が小さな霧のようになってマックスの口にかかってくる。「だけど、おまえは殴られなかったようだな」

「なんで殴られなかったか、そんなことはあいつらに聞いてくれ」

「尋問のときに、連中が喜ぶようなことを言ったんだろう」

「何を言うんだ。僕は卑劣な真似はしていない。当たり前だろ」

「わかったよ。だけどおれが殴られたのは、あいつらが言わせたがっていたことをおれが言わなかったからだ。おれたちの仲間のパルチザンで、あいつらのひとりを捕まえた奴がいたんだが、そいつは捕虜を殺す前に両目をくりぬいたらしい。そんなことがあったというのは聞いていたが、おれは全然かかわっちゃいない。だけどあいつらは、おれがその張本人だと言わせたがったんだ。おまえはガリバルディ隊じゃないのか？」

「僕はバドリアーノ隊だ」

相手は急にマックスの前から離れ「それじゃ、おまえにはまだ望みがある」と言い、部屋の中をうろつき始めた。「おまえたちバドリアーノ隊の命を助けるためなら、司祭たちが一生懸命になってくれる。だけど、おれたちアカのためには何もしてくれない」

マックスは、自分がバドリアーノ隊のパルチザンであるというだけで、まだ助かる見込みがあると思っているガリバルディ隊の男の愚かさに、すっかり腹が立ってしまった。「おまえは、自分が何を言っているのかわかっているのか。ファシスト共和国の連中にしてみれば、僕たちはみんな同じ敵じゃないか」

男はにやりと笑みを浮かべた。「おれにだって、自分が言っていることくらいよくわかっている。ここに閉じ込められてから、おれはガリバルディ隊のパルチザンがひとり銃殺され、バドリアーノ隊のパルチザンがふたり解放されるのを見てきた。司教区の司祭たちが捕虜の交換をお膳立てしてくれたからだ」

「そう言いたいんなら、そう言ってればいい。だけど、僕たちふたりがそろって壁の前に立たされたとき、僕は君に文句のひとつも言わずにいられないだろうな」。マックスはすっかり苛立っていた。しかし自分が壁のことを、ごく当たり前のことのように口にすることができたことに気づくと、身体が震え始めた。相手は黙って床を見つめていたが、別段気を悪くしたような様子はなかった。

マックスは天窓を見つめ、それがどこに面しているのか尋ねた。

「中庭だよ」

「ここはどこなんだ？」

「聖フランチェスコ会の神学校の地下室だ。だけどもうおれに質問しないでくれ」。相手はそう言うと部屋の片隅に行き、藁の上にうずくまった。

「どうしてだ？」とマックスは男のほうに一歩近づいて尋ねた。「僕がスパイじゃないかなんて、心配しているんじゃないのか。君に何か吐かせようと思って、僕がここに送り込まれたんじゃないかなんて」

相手は頭を振った。「おまえがおれと同じように運の悪い奴だってことくらい、おれにはよくわかっている。ただおれはもう口を利きたくない。以前はこの牢獄に仲間がいてくれたらと思っていたものだが、いざ仲間ができてみると……。おれにしてみれば、おまえがここに放り込まれたってことは、とんだ災いでしかない。こうなってみてわかったのだが、おれはいままでの習慣をほとんど全部変えなければならない」

マックスは反対側の角に引きこもり、藁の上に腰を下ろした。ふたりのあいだに長い沈黙が訪れた。室内は薄暗かったので、相手が自分を見ているのかどうかはよくわからない。それでもマックスは相手をじっと見つめていた。そのせいで、自分のことだけを考えることはできなかった。相手を見つめながら、彼は思った。「きっと僕たちは一緒に銃殺される。あいつも僕と同じことを考えているだろうか」。しかしそんなことを訊ねてみる勇気は湧いてこなかった。

ふたたび口を切ったのは相手のほうだった。最初少し体を揺り動かし、ためらいを斥けるような動きを示したあとで男は言った。「少佐がおまえを尋問したのか？　そのとき少佐は、処刑がいつになるのか言わなかったか？」

「はっきりしたことは何も言わなかった。だけどこんなことを言っていたよ。今晩、部下の将校たちとポーカーをして、もしも負けるようだったら、明日の昼まで僕を生かしておく気はないそうだ」

「その話ならおれにもしたよ。きっと誰にでもしているんだろう」

「じゃ、冗談だろうか」

「いや、冗談ではない。あいつの悪い癖かもしれないが、決して冗談じゃない。フルミネにも同じことを言っていた。フルミネというのは、さっき話したガリバルディ隊のパルチザンだった奴だが、ある晩、少佐はわざわざここまでやってきてフルミネに同じことを言っていたよ。翌日フルミネは外に連れ出され、それから墓地に放り込まれてしまった」

マックスは頭を垂れた。それから相手がいつまでも自分を見つめていると考え、顔を上げて訊ねた。「食事はもらえるのか？」

「食事なら、あいつらと同じようにさせてもらえる」

「外出は？」

「外出はだめだ、一日に一分も許されない」

「きついな」

「そうでもない。どこにも出られなくたって、おれにはもうどうということもない。考えてもみろ。どうせ好きなように外の世界を見ることができないんだったら、ほんの少し見ることができるからって、それがなんだって言うんだ」

男は立ち上がり、部屋のもうひとつの隅のほうに歩いていった。すぐにブリキ缶の中に高い所から水が落ちる音が聞こえてきた。水の跳ねる音がおそろしく騒々しく感じられる。それから男は身体を揺り動かし、ズボンのボタンを嵌めようともしないで、もとの場所に戻ってきた。ふたたび藁の上に座るとこう言った。「こんな状態でいると、命が心から抜け落ちていってしまい、生きるなんて、もうどうでもいいじゃないかなんて、言いたくなると思うかもしれない……。だけど生きたいという願いは、実は少しも消えていってはくれない。そんなものだ」

膝が震え始め、すぐに両膝がぶつかるようになり、木と木がぶつかり合うような乾いた音がし始めた。最初マックスは両手を膝のあいだに挟み、両膝がぶつからないように堪えていたが、それから藁の上に立ち上がり、あちらこちら歩き始めた。

男は自分の場所からマックスを観察していた。「どうした？　寒いのか、怖いのか？」

「寒いんだ。いや両方だ。しかしいまは怖いというよりも寒い」マックスは嘘をついた。相手が怖がっていないように見えたからだった。

「いまから寒さで震えているようじゃ、今夜のことが思いやられるな。おれを寝かせおいてほしいものだが」。マックスは驚いて振り返った。「君は夜こんなところで眠れるのか？」

「もちろん、よく眠れる。いいか、たとえ銃殺されるにしたって、もう一週間も待たされているんだ。いつまでも寝ないでいるなんて、できるわけがない。おれは一週間もここにいるんだ。最初の夜くらいはおれも寝つかれなかったよ。しかしいまでは簡単に眠ることができる。おまえもいい加減に座ったらどうだ」

マックスはもとの場所に座り、しばらくして相手の名前を尋ねた。

「おれはランチャだ。もちろん戦闘名だが」

「僕はマックスだ。君はいくつだ？」

ランチャはもうすぐ二十歳になると答えた。マックスはすぐには納得することができなかった。明り取りの下で見たランチャの顔は、少なくとも三十歳くらいの男のものだった。しかしランチャが散々殴られた挙句に、一週間も前から地下室に閉じ込められ、顔を洗うことも髭を剃ることもできず、しかもよくてあとせいぜい数十時間くらいしか生きられない人間であると考えてみると、ランチャが老けて見えるわりにはまだ二十歳であったとしても、おかしくはないような気がする。ランチャの声が遠くから聞こえてくるようだった。自分の年を訊いていた。

「君と同じようなものだ」

ランチャはただ「おれたちは似合いのカップルだな」と言っただけだった。相手の声にふざけたような響きが聞かれたのは、このときが初めてのような気がした。

通路の中を数名の男たちが近づいてきた。マックスは藁の上に両腕をついたが、ランチャは言った。「びくびくするな。あいつらは食事を持ってきただけだ」

ふたりは一緒にドアのところまでいった。ドアは外から開かれ、見張りを連れた男が食器とパンをふたつずつ中に差し入れた。ランチャはすぐに自分の分が与えられたが、マックスは少し待たされた。マックスは新来だったので、彼の顔をよく見ようとして、男はマックスの分をひっこめたままだった。

ランチャはマックスを待っていた。ふたりは一緒に温かい食器をしっかりと手に持ち、それぞれ自分の隅に戻って行った。

ランチャはにやりと笑った。「おまえは食器を空にしてしまうことも悲しいかもしれない。中に食べ物が入っていれば、手を温めることができるからな。だけど熱は胃袋の中に入れておいたほうがいい。残念なのは、すぐに冷めてしまうことだが」

マックスは最初の一口から、体力が回復するのを感じた。しかしたまたま顔をあげたときに一日の最後の明るさが、地上から何かの力で吸い上げられていくように、明り取りから消えていってしまうのを目にしたとき、食べ物は喉につかえてしまった。この時間になれば光が弱まり、冬の夜のとばりが降りてくるのは当然だった。しかし「当然じゃない！」と、マックスは心の中で叫んだ。「当然じゃない！」

マックスはミネストラをなんとか食べ終えた。ファシストたちの食事はまずくはなかったが、胸がつかえてならなかった。食器を両足のあいだの床に下ろし、両手で頭を挟んでじっと見つめていた。おれは食事を終えたのだ、と彼は思った。おそらく二度と繰り返すことができないことをおれは終わらせてしまったのだ。マックスは怒りに駆られたように顔をあげ、ランチャを見つめた。ランチャも食事を終え、ゆっくりと食器を床の上に置こうとしていた。

「ランチャ、聞いてくれ。僕には丘の上にたくさんの友達や仲間たちがいる。僕は特にルイスという男を信頼している。今頃みんなは僕が捕まってアルバに連れていかれたってことを知っているはずだ。だから僕のために何かしてくれるだろう。何もしないなんて、そんなはずはない」

ランチャはすぐには答えようとしなかったが、ランチャの表情をとらえることは暗がりの中でもうできなかった。しばらくしてランチャは言った。「気のすむように考えればいいだろう」

マックスは啞然として言葉を失ってしまった。それから激しい口調で言った。「なんなんだ、そのものの言い方は」

「おれが思ったとおりのことを言ったって、おまえはやっぱりおれに飛びかかってくるだろう。まあいい、おれの考えを聞かせてやろう。外の仲間たちには何も期待しないほうがいい。どんな幻想も抱くべきじゃない。おれにだって丘には友達や仲間たちがいる。だけど一週間たっても誰も何もしてくれなかった。おそらくみんなは、おれたちのことを考えてくれているだろう。だけどそれは、健康な人間が肺結核患者のことを考えているようなものだ。そもそも思い返してみれば、おれ自身がそんなだった。自分が自由の身で、どこかのパルチザンがファシストに捕まったって聞いたときも、少しはそのことを考えたが、それからそれまでどおりの行動をなんとか続けていくだけで、結局何もしなかった。そんなものさ、他人事であるかぎり、どうということもない。ただ今度ばかりは、おれたちが当事者になってしまった。ところで、おれが何を言いたいのかわかるか？　仲間はおれたちのことを話題にし、捕まってしまうなんて、なんて間抜けだったんだなんて、そんなことを言っているに決まっている」

「そんなことを言う奴らは、みんな卑劣なんだ。僕が捕まったのは霧のせいだ。間抜けだったからじゃない。おれを欺いた霧は、どんな奴だって欺いただろう」。マックスは友人と仲間たちに対する憎しみのとりこになった。みんながその日の夜、自由の身で、各自の人生の支配者となり、武器を手にし、不安に怯えることもなく、自身の優越を信じて、高い丘の上を走り回っている姿が目の前に浮かんできた。凍りついた雪の上に月の光が注ぎ、そのせいで丘陵地帯は昼間のように光り輝いている。アッペンニーニ山脈とアルプスのあいだの大きな谷間を通って、海から風が流れ込んでくるのが感じられる。マックスはこぶしで額を叩き、声を張り上げた。「ああ、自由、自由、自由！」

ランチャは膝立ちになり、這うようにしてそばに近づいてきた。マックスの腕を締めつけるように強くつかみ、大きく揺さぶった。「馬鹿な真似はするな」。大きな声を出すな」。ランチャは低く怯えたような口調で言い、ドアのほうに耳を澄ましていた。「見張りが聞きつけるかもしれない。

あいつらはドアの後ろまできて、自由に飢えているおまえを笑いものにするんだ。人を笑いものにするのが、あいつらには楽しくてならないんだ」

そう言うとランチャは膝をついたままの姿勢で、自分の藁のところへ戻っていった。「落ち着いて、いまのおれのようにするんだ。横になって体を伸ばし、眠るんだ」

「君はどうかしている」

「どうかしているのはおまえだろう」

「僕は起きている。たとえ指で目を開けておかなきゃいけなかったとしても」

ランチャの体の下で藁がきしむ音が聞こえてきた。「ちょっと待ってくれ、ランチャ。ひとつだけ教えてくれ。夜中にあいつらが部屋に入ってきて、暗闇の中で僕たちをピストルで片付けるなんてことはないのか」

「そういうことなら、ここでは心配ない。ここでは何もかも規則通りだ。おまえは小隊と一緒に外に連れていかれる」。ランチャは本当に眠そうだった。声が鈍くなり始めている。

「こんなことを訊いたのも、おれの友達のひとりがそんなふうにして殺されたからだ」

「ここではそんなことはない」。ランチャは頭を腕にのせて横になった。

マックスは自分の隅にうずくまった。ランチャが寝てしまった以上、ひとりで自分に向き合い、自分のことを考えるしかない。必要なことかもしれないが、多分遅過ぎたのだ。しかしマックスは自分のことを考えるのが恐ろしくなり、考え始めるだけの力を集中することができなかった。

そこでランチャの寝息と身体の動きに注目した。

縮こまっているランチャの身体は暗がりの中でもまだ見分けることができた。床に横たわっているランチャの姿はマックスの心をとらえて離さなかった。そばに近づいていく自分の姿を想像してみる。うつ伏せになっていたランチャの肩をつかみ、ひっくり返す。重くても従順な死体のように、ランチャはされるがままになっている。しかし身体を反転させてみると、マックスの目に飛び込んできたのは、ランチャの胴体に接ぎ木されたような自分自身の頭部であり、自分自身の顔だった。どこからどこまで自分自身の顔以外の何ものでもない。自分自身の死体の顔である。目は固く閉じられ、口は半ば開き、喉はピクリともしない。

「これは最後の姿だ。しかし、いま考えなければいけないのは、そういうことではない。難しいのは最後の瞬間を迎えるまでの過程なのだ。それに対する心構えこそ、自分は準備しておかなければならない」

あいつらがやってくる。立ち上がって歩くように命令され、自分はドアのところで後ろを振り返り、ランチャがついてくるかどうか確かめる。確かに、ランチャも後ろにいる。

「僕たちはどこかの壁の前に連れていかれ、そのうち背中を壁に圧しつけられる。いや、きっと顔を壁に向けることになるだろう。あいつらは僕たちを背後から撃つのだ。あいつらにとって僕らは裏切り者だからだ。どうせ、なんの違いもない。たとえ前を向いていたとしても、最後の最後まで目を開けていることなんか、とてもできないだろうから……」。そう考えていると、銃殺の瞬間が頭に浮かんできた。弾丸が体内に飛び込んでくるのを妨げようとして、恐ろしいほどの力を込めて胸を固くする。しかし心臓と肺にハサミで切り裂かれるような痛みが走る。

マックスは藁の上で跳ね起き、ランチャのところまで一気に飛んでいった。ランチャの横腹を蹴とばさないように、なんとか足にブレーキをかける。短くてせわしないランチャの寝息が聞こえている。立ったまま見下ろしていると、ランチャがすでに墓の底に横たわっているような気がしてならない。いま自分がランチャを見ているように、死刑執行人たちは僕を殺した後で、こんなふうに僕の死体を見つめるだろう。

マックスはランチャを起こすことを考えた。ランチャの肩に手をかけ、ランチャが目を覚ましたときに、すぐに彼を安心させるための言葉を口に中に準備した。それでもランチャはぎょっとして、すぐに怒り狂うかもしれない。ランチャが怒ることを考えると、マックスは彼を起こすことができなくなった。ランチャの体の周りを回り、ブリキ缶のある隅へ行った。缶の中に勢いよく放尿し、できるだけ大きな音をたてた。こうすればランチャは目を覚ますかもしれないし、そしてそれほど文句を言うことはないだろう。しかしランチャは少し大きく呼吸し、反対側に寝返りを打っただけだった。

マックスはズボンのボタンも嵌めず、ランチャの身体をまたいだ。もとの場所に戻りながら、ズボンのポケットの中を手探りする。指先に、布地から抜け落ちた毛玉に紛れて、わずかばかりのパンと少量のタバコがあるのが感じられる。いつ食べたパンか、いつ吸ったタバコか、はっきりしない。しかし少なくとも、そのとき自分はまだ自由だったということだけははっきりしている。マックスは思わずむせび泣いた。泣き声はドアを通り抜け、見張りの耳にまで届きそうだった。実際、誰かを現行犯で捕らえようとして注意深く爪先立ちで歩いている人間の足音のようなものが、通路に聞こえてくる。しかし見張りはすぐに気を変えたようだった。もはや秘かな歩き方ではなく、足の裏全体を床にたたきつけるような歩き方で遠ざかっていく。

自分の隅に戻り、揚げ蓋を見上げてみる。「もう暗くなっている。しかしまだそんなに遅いはずはない。十時くらいだろう。この時間に、僕たちはすでに食事も済ませ、自分もランチャのように眠らなければならない。もはや何ひとつ自分たちの好きなようにはできない。昼であれ夜であれ、僕たちに対してそれを決定するのは少佐なのだ。僕たちを生かすも殺すも、彼しだいなのだ。人間にこんな権限が許されるなんて、なんて恐ろしいことだろうか。それは神だけのものではないだろうか。しかし神なんて存在しないのだ。それだけははっきり言っておかなければならない。ところで少佐はもう、ポーカーを始めているだろうか」

マックスは目で四つの壁を眺めまわした。「どうしてこんなところに来てしまったのか、僕にはどうしても理解できない。自分に何が起きたのかということなら、最初から最後まで、完全にわかっている。だけど、どうしても僕は納得することができない。何もかも卑劣な手品かなにかのような気がする。恐ろしいのは、ここから僕を救い出してくれる手品が何もないということだ」

母親の姿が目に浮かんできた。仕事の合間に台所の中央に立ち、両目にマックスに見覚えのない遠くを眺めるようなまなざしを浮かべ、ただひとつのいつもの歌を悲しげな声で歌っている。

　　人生は短く、死はかならずやってくる
　　助け合って生きる人々にこそ、幸あれ

マンマは苦しむだろう。とても苦しむだろう。そしてその心の痛みの中には、息子に強いられた最期に対する恐れが常にみられるだろう。そのことはよく理解できる。それでもだからと言って、マンマを可哀そうだと思う気持ちにはなれそうにない。自分を憐れむ思いだけで、心はすでにいっぱいだからである。

マビと婚約した男の顔が目の前に浮かんできた。マビはマックスの許婚だったこともあるが、それは彼女がまだなにも真剣には考えていなかったころのことだった。マビはいつもマックスの好みにぴったりの女だった。この地上でダンスしている何百万人もの娘たちの中で、マビの肉体だけは自分のものであると、マックスはいつも心の底から信じていた。いまマビの婚約者の顔が目の前に浮かんでくると、その男に対するどうすることもできないほどの激しい妬みが生まれてくる。しかしそれはたんに、男が銃殺されるわけではないからというだけのことに過ぎない。男はさらに生き続け、ひとりの人間の通常の人生を成立させている膨大な年月を通じて、実に数多くのことをすることができるだろう。そんな無数のことに較べてみるならば、マビを所有することができるということなど、確かに最もどうでもいいことかもしれない。

「ルイスは自由だ。きっと僕のことを覚えていて、僕のために何かしてくれるだろう。ルイスが膝に弾を受けて倒れていたヴァルディヴィッラの街道から、彼を救い出したのはこの僕じゃないか。僕がいなかったら、ルイスはもう動くこともできず、ファシストたちに追いつかれて殺されていただろう。今度はルイスが僕を助けてくれる番だ。思い出してくれ、ルイス、お願いだ！」

どのようにして、またどれくらいの時間をかけてかわからないまま、気がつくとマックスは藁の上にながながと身を横たえていた。身体が重く床にのしかかり、床が重みに耐えかねて窪んでしまっているような気がする。その状態は、少なくとも最初のうちはかなり心地よいものだったが、しかし瞼をあげておくことはますます難しくなっていた。「おまえは従兄のことを覚えているか？　あの夜、従兄はどれほど泣いていたことだろう。聖油を受けた後、眠りにつくのが恐ろしかったのだ。いまのおまえはあのときの従兄に似ている。おまえは彼のように結核患者というわけではなく、ファシスト共和国の捕虜となり、死刑を宣告されたわけだが……。おまえは明日、銃殺されるだろう。おまえが二十年前に生を受けたのは、こんな最期を迎えるためだったのだ」

部屋の外の通路を歩く足音が聞こえ、小さな話声が聞こえてきた。見張りの交代だった。マックスは物音に気づいていたが、かなり遠くからだったので、起き上がる気にはならなかった。新しい見張りは監視穴から室内を覗き込み、ふたりは寝ているようだ、寝てるふりをしているのでなければ、と考えた。

翌朝、マックスは部隊の重々しい足音で無理やりに目覚めさせられた。昨日の夜から今朝までのあいだに、一瞬のときしか流れていないかのように、すぐにあらゆることが思い出された。目を開くとマックスは飛び起き、揚げ蓋の下に駆けつけた。上から兵士たちの行進する足音が聞こえてくる。早朝の湿り気を帯びた光が差し込んでいる。

マックスはランチャのほうに視線を向けた。ランチャも目を開けて、揚げ蓋のほうを見つめている。ランチャはマックスに言った。「びくつくことはない。あいつらはこれから田園地帯の掃討に出かけるところだ」

事実、聞こえていたのは、まだ動き始めたばかりで充分な間隔が取れないでいる兵士たちの列の、堅苦しくぎこちない歩調だった。

ランチャはマックスのそばに来た。「おれたちの仲間が待ち伏せしたり、戦闘を仕掛けたりしなければいいのだが。なにしろ、もしもあいつらに死者が出たりしたら、戻ってきた奴らはおれたちに腹いせをするだろう」

行進の足音が遠ざかると、ランチャは部屋の中央に戻り、簡単な体操を始めた。朝の光の中で痣だらけの顔を上げている。紫色でないところも黄色く変色し、とりわけ両眼の周辺が著しく変形している。しかしいまではランチャの顔を見ても、マックスは少しも驚かなくなってしまった。

それからランチャは部屋の中をあちらこちら歩き始め、マックスもそのうちランチャと同じように歩き始めた。しかしマックスはすぐに鼻をかもうとして動くのをやめてしまった。もっともハンカチなど持っていなかったので、親指と人差し指で鼻をはさみ、横を向いて強く息を吐き出している。それからいつもの場所に戻ってしゃがみ込んでしまった。それまでのわずかな動きだけで、彼の身体には充分であるかのようだった。

それからも少しのあいだ、マックスは室内を動き回っていたが、そのうちに歩みを止めて尋ねた。「午前中、ここでは何をしているんだ」。自分の声が重苦しく、喉に絡んでいるように聞こえ、全身の皮膚が濡れた衣服に触れているような気がする。

「することなんか何もない」と、ランチャは答えた。「夜と同じことだ」

長い沈黙が続いた後で、マックスはランチャのそばにいき、彼の前に膝をついて身を屈め、咳払いをして言った。

「聞いてくれ、ランチャ。もし僕たちが一緒に壁の前に立たされたら、僕たちは互いに励ましあおう。いまからそのときのことを考えておこう」

しかしランチャは、マックスがまだ話し終えないうちから、すでに頭を振っていた。いつまでも頭を振りながら答えた。「おれは何も約束しない。なぜなら、できないからだ。おまえだって、少しでも考えてみれば、なんの約束もできないに決まっている。壁の前に立たされてしまえば、自分がひとりであろうがおまえと一緒であろうが、おれにはなんの意味もない。それにそもそも、おれは自分がどうなってしまうのか、少しも見当がつかない。きっとものすごく怖いだろう。それだけははっきりしている。しかしだからと言って、その結果、自分がどんな行動をとることになるのか、おれにはまったく見当がつかない」

マックスはもう何も言わず、立ち上がってドアのところにいった。指で監視窓の格子棒を握りしめ、しばらくそのままになっていた。やがて指が鉄棒の錆で焼かれるような痛みを訴え始めた。

自分の場所に戻り、ランチャに向かい合って腰を下ろした。

しばらくしてマックスは口を開いた。「もしもなんとかなったら、もしも少佐が銃殺の命令を撤回して、僕を自由にしてくれたら……僕は外に出て、ランチャの唇に冷笑の色が浮かび上がったが、マックスは話すのをやめなかった。「……」。そしてもう、どんなことにも、二度と関わりあわないだろう。何もしないだろう。パルチザンの部隊には戻らず、戦争も政治も忘れてしまうだろう。そしてもしも誰かが来て、おまえは卑怯者だと言ったとしても、僕は何も反論せず、ただ鼻先でせせら笑うだけだろう。僕はもうパルチザンのところに戻るつもりはない。そもそもパルチザンになる理由なんか、僕にはもうないんだ。なぜなら、もしも僕を自由にしてくれたら、僕はもうファシスト共和国を憎んだりしないからだ。僕はただ忘れるだけだろう。僕はただ、戦争中のある時期に、自分に恐ろしいことが起きたと考えるだけだろう。僕にそんなことをしたのが、同じ人間であるとはとても思えないほどの恐ろしいことが……。生きているかぎり、僕はそのことを忘れないだろう。だけど僕は人間のことはすぐに忘れてしまうだろう。もしもここから解放されるならば、僕は人生において、ただの傍観者になり、決して何ごとにも関わらないと誓いを立てるだろう。僕は喜んで乞食になり、道で家畜の糞を集めてなんとか生きていくだろう。

そしてそんな人生が辛く思われたら、僕はすぐに記憶を呼び起こし、そして静かに微笑むだろう」

マックスは床を見つめていたが、ランチャの視線が自分にじっと注がれているのを感じていた。

「嘘をつくのはやめよう、ランチャ。こんなことになってしまってからまだ嘘をつくなんて、大きな間違いだ。君は僕たちが騙され、そして殺されてしまうからにはもうどうすることもできないと思っているのか？　君は理想のために死ぬことができるだろうか。そんなことは僕にはできない。それにそもそも、どんな理想のためだというんだ。自分の中を探してみて、君は理想を見つけることができるだろうか？　僕にはできない。君にだってできないだろう」

ランチャはマックスを見つめていた。しかし、両目はなかば塞がれていたので、マックスはランチャの気持ちを理解することはできなかった。マックスは顔が熱くなり、内心に怒りがこみあげてくるのを覚えた。マックスの気持ちは異常に張り詰めていたので、ランチャが少しでも彼の言葉を否定するような様子を示したならば、ランチャに飛びかかって、喉を締め上げて、「豚野郎、嘘つき、卑怯者、おまえは僕の言うとおりだって認めたくないのか！」と叫んだに違いなかった。

しかしランチャは静かな口調で言っただけだった。「言いたいことはなんでもぶちまければいい。ただ見張りには聞かれないように、低い声で話してくれ。監視窓から覗き込まれるのが、おれは何よりも嫌なんだ」

マックスは肺から息を吐き出し、ふたたび静かに話し始めた。

「僕はいままで人を殺したことはない。ただ人が殺されるのを見たことはある。仲間たちがファシストを銃殺するのを初めて見たとき、ファシストが地面に倒れた瞬間、僕は思わず頭を両手でおおっていた。大空が僕たちの上に崩れ落ちてくるような気がしたからだ。そんな気がしたのは初めてのときだけだった。でもそれからも、銃殺の瞬間を目にするのは、僕にはいつも苦しくて堪らないことだった。僕はいつも神経症的な発作に襲われた。僕は一度、ファシストの兵士を捕まえたことがある。僕はひとりだった。僕はファシストの背後に近づき、ピストルを背中に突きつけた。相手は恐怖のあまり、いまにも気を失いそうだった。兵士を立たせておくために、僕は襟首をつかまなければならなかった。僕は兵士がかわいそうになった。嘘じゃない。僕はもう少しでピストルを放り投げ、兵士を元気づけてやるところだった。兵士は泣いていたが、僕も泣きたいくらいだった。それから僕は司令部に行き、兵士を引き渡し、兵士が銃殺されないことを約束させた。司令部の連中は僕の言うとおりにすると約束したが、僕が司令部を離れると、あっけなく兵士を銃殺してしまった。こんな話をするのも、いまの僕の気持ちを理解してもらいたいからだ。僕が勝ったとき、僕は賭け金を手に入れることができなかった。なのに僕が負けたとき、僕は全額を支払わなければならない。それも自分のためにではなく、他の人間のために支払うようなものじゃないか」

「その話は、尋問のときに少佐に言ったのか?」

「言ってない」

「まあ、どうせ信じてもらえなかっただろう」

頭上の中庭から、若者たちががやがやと騒いで走り回っている様子が伝わってきた。ランチャはすぐに言った。「非番の連中がサッカーをやって、身体を温めているんだ」

マックスは立ち上がり、魅せられたように揚げ蓋の下へ行った。サッカーをしている兵士たちの声が聞こえてくる。「パスだ！　シュートだ！　おれにも一度くらい球を回せ！」若者たちの熱気のある陽気な声、凍りついた地面の上を駆け回ったり、動きを止めたり、指を鳴らしたり、ボールを蹴ったりする音、またそのボールが一瞬にして空気を切り裂いて飛んでいく音が聞こえてくる。ときどきボールが地下室の上の壁にあたると、マックスはそのたびに、平手打ちを避けるかのように、思わず顔を横にそむけていた。

中庭でサッカーが続いていたあいだ、ふたりは地下室で一言も言葉を交わさなかった。サッカーはたっぷり一時間ほど続き、終わったときには夜が明けてからかなり時間が経過していたが、陽の光はまだ弱々しかった。

ドアが開き、軍曹がひとり姿を現した。部屋の中に少し入り込み、後ろでは見張りの兵士が入り口を塞いでいる。軍曹は片手を隠すように背中に回し、ランチャをじっと見つめていた。見張りの兵士もランチャのほうを見ていた。マックスは不思議な気がした。ふたりはすでにランチャをよく知っていたはずである。だから、昨日ここに放り込まれたばかりの自分に興味を覚えるほうが、自然ではないだろうか。

軍曹は片手を前に差し出した。スリッパが握られている。それからスリッパをランチャの横の藁の上に放り投げ、「履き替えろ」と言った。

ランチャは下から上へと軍曹を見つめ、スリッパに触れようとしなかった。

「履き替えろ。聞いてなかったのか」

ランチャは視線を下ろし、靴に手を伸ばして紐をほどき始めた。マックスはランチャの指が靴紐の周りで震え、前髪が額にふりかかってくるのを目にした。ランチャは靴紐を緩めるのを中断し、両手で髪の毛を頭の後ろのほうへ戻した。

「もっと早くしろ」と軍曹は言った。

マックスは身を震わせ、疑問を覚えた。自分の靴のほうがランチャの靴よりはるかにいい状態にあったからである。

しばらくして軍曹はようやくランチャの靴を受け取り、それを持って部屋を出ていった。出口にはいつまでも見張りが立っている。マックスはランチャのほうを見たが、ランチャは頭を垂れたまま、無理やり履き替えさせられたスリッパの先端をじっと見つめていた。仕方なしにマックスは歩哨のほうに視線を転じた。歩哨は通路の一方の端のほうに顔を向けていた。それから通路の奥から何か合図があった様子だった。見張りの兵士は了解のしぐさを返している。それから室内を覗き込み、ふたりとも外へ出るようにと合図した。

マックスとランチャは新たにふたりの衛兵に挟まれ、通路を突き当りまで歩き、昨日の夜マックスが下りてきた階段をふたたび上っていった。何もかも諦めて、静まり返った階段をどこまでも上っていくことなど、とてもできそうになく、またそうすべきでもないという思いが、マックスの心の中に湧き上がってきた。静けさを破るために、何かしなければならない、何か言わなければならないだろう。最後の階段の途中まで来て、マックスは衛兵のほうに顔を向け、かすれかけた声で言った。「水を少しもらえないだろうか。地下室で風邪をひいてしまい、喉が渇いて仕方ないんだ」

しかし、衛兵はむっとしたように眉をしかめ、面と向かって怒鳴りつけた。「余計な口はきくな！」

四人は玄関ホールに入ると周囲を見まわした。少佐の部屋のドアの前に、頭にヘルメットをかぶり、腕に銃を抱えた八人の兵士が一列に並んでいる。

ふたりの衛兵はマックスとランチャを促し、八人の兵士の前に進んで行った。兵士たちの中のリーダー格の男が、捕虜のふたりを引き受け、衛兵はその場を離れていった。

マックスとランチャは兵士たちを見つめた。「きっとこいつらは、一時間前にサッカーをしていた奴らだ」とマックスは思った。

兵士たちはふたりの捕虜をじろじろと見つめていた。兵士たちの表情をうかがい知ることはできなかったが、しきりに瞼を瞬いている。額を圧迫するヘルメットが、煩わしく感じられているように見える。

ランチャは足をパタパタと上下に動かし始めた。室内履きの底はとても薄く、床はあまりにも冷たかった。一方、マックスは、体内で腸の調子がおかしくなっていくのを感じていた。両手で腹を押さえたかったが、八人の兵士たちの視線がじっと注がれていたので、そういうわけにもいかなかった。

司令官の部屋のドアは少し開いていた。横目で中を覗きこんだマックスの目に、少佐の机の端が見えた。全身が見えていたのは、その机に向かって身を傾けているひとりの男の姿だった。背が高く、たくましい骨格の持ち主で、平服姿で明るい色のレインコートを着、緑色の帽子をかぶっている。しかしそれがいつもの服装でないことは明らかだった。マックスは、卑劣なペテンが功を奏しているのを目の当たりにしたときのような、驚きと怒りのとりこになった。

男は姿勢を正し、音を立てずに踵を合わせ、部屋から出ていこうとした。レインコートの前を合わせようとしたときに、銃床を切り落とされた軽機関銃がマックスの目にちらりと入った。肩から上着の上に吊り下げられている。

「あいつがやるんだ、あれを使って」

男は部屋をあとにし、通りすがりにふたりのほうを灰色の瞳で見つめ、玄関ホールの中ほどまで進み、ふたりに背を向けたままそこで立ち止まった。上半身はまっすぐに伸ばされ、両足の踵はきちんと合わされている。男の姿は紛れもなく軍人のものであった。男は後ろを振り返り、小隊の準備ができているのを確認すると歩き出した。

一行は玄関ホールの途中で進路を変え、中庭に面したガラス張りの通路のドアのほうへと向かっていった。ドアは寒さで凍りつき、ふたりの兵士が力任せに開けなければならなかった。

白く人気のない中庭に降りると、地面は靴に踏まれてバリバリと鋭い音を立てた。

「そう遠くまでは行かないだろう」と、マックスは口に出して言い、そう言ってからすぐに思わず身を震わせた。自分では心の中で考えただけのつもりだったからだった。しかし兵士たちはマックスに何も言わず、身動きひとつせず、平服の男は振り返ろうともしなかった。ランチャは頭を上下に動かし、マックスの言葉に同意しているように見えた。それでもランチャの動きはたんに歩調につられているだけのようでもあった。

中庭の中央あたりに来ると、ランチャとマックスはそれぞれ左右の壁のほうへ視線を走らせ、ときどきふたりの視線は交差した。しかしふたりはどの壁のほうへも連れていかれず、小隊は中庭の壁を後にして車両用の出入り口のところまでやってきた。ひとりの兵士が前方に飛び出して行って門を開いた。

僕たちは外に連れていかれるんだ。奴らはなんてずる賢いんだろう。いま十二時くらいのはずだ。住民たちは食事をしに家に戻っている。だから奴らの殺人行為の証人になることができない。僕たちはきっと墓地に連れていかれるんだろう。墓地がどこか僕は知っている。まだだいぶ先だ。しかしいつかは着いてしまう。もしも永遠に歩き続けることができるならば、どれほど嬉しいことだろうか。

車両用の門を通り過ぎると兵士たちは歩調を早め、裏通りに入っていった。まっすぐの道でどこまでも人影は見当たらない。

「ここを通っていけば、住民たちに気づかれずに人を殺すことができる。だけど僕は大声を出してやる。みんなに聞いてもらうんだ。どうせもう死んだようなものじゃないか」

突然、ふたりの背後で、兵士たちが歌いだした。

サン・マルコ、サン・マルコ
死ぬなんて、なんでもない

マックスはびっくりして歩みを止め、後ろを振り返った。兵士たちがすぐ背後まで迫り、眼球を引きつらせ、速足で歩きながら、歩くのと同じように力を入れて歌声を張り上げ、そのせいで顔面を充血させている。大きく開かれた兵士たちの口の中から、パチンコから飛ばされた小石のように、耳の中に言葉が突き刺さるように飛び込んでくる。サン・マルコ、サン・マルコ。

マックスは前のほうに向き直ったが、距離をとるのは間に合わず、前列にいた兵士たちの膝に蹴り上げられ、さらに前方へと追い立てられた。マックスはランチャに追いつくために走らなければならなかった。ランチャも走っていたが、スリッパはいまにも脱げそうだった。両腕をだらりと前方に垂らし、ますます歩調を早めていく平服姿の男の踵に、いまにもしがみつこうとしているようだった。

マックスは通りに面している数少ない窓のほうへ視線を上げた。開かれている窓はひとつもない。カーテンも動かず、窓ガラスの向こう側に人の気配はまったく感じられなかった。

兵士たちは別の道に入っていったが、歌はやめなかった。兵士たちの激しい息に、マックスとランチャの髪の毛はうなじで舞い上がっていた。

ランチャは足を滑らせ、道を横にそれて倒れてしまった。兵士たちはランチャを蹴飛ばし、立ち上がらせて列に戻らせた。兵士たちはいつまでも歌い続けていたが、歌詞を正確に発声することはもうできなくなり、猛禽類のようなだみ声を張り上げているだけだった。しかしこの通りにも人影はなく、多くの窓もすべてぴたりと閉ざされているようだった。

「アルバの人たち、アルバの市民たち、あなた方に聞こえないはずはない！　どうか顔を出して、僕たちを見てほしい。助けてくれなんて言っているんじゃない。ただ見てほしい！　それだけでいいんだ！」。マックスは叫び続けたが、彼の叫びは兵士たちの歌声にかき消されてしまった。マックスはランチャを見つめた。ランチャは脾臓のあたりに手を押しつけ、なんとか歩き続けている。口は大きく開かれ、何か叫び声を発しているようだが、なんと言っているのかまったく見当がつかない。

広場が近づくと平服姿の男は片手を高く上げ、兵士たちは歌うのをやめて歩調を弛めた。

広場では雪掻き人夫たちの一団が午前の仕事を終え、積み上げられた雪にスコップを突き立て、広場を離れていくところだった。兵士たちが近づいてくるのに気がつくと、人夫たちはふたたび元に戻り、雪の塊からスコップを引き抜き、仕事を再開した。一列になって背中を丸め、雪かきを続けている人夫たちの背後を、兵士たちの一団は通り過ぎていった。

広場を後にすると、兵士たちは踏切を渡り、墓地に続く道に入っていった。

マックスは路上に残されていた霊柩車の轍の跡を見つめ、それから視線を上げた。左側の道沿いでは水道管がどこまでも湾曲した線を描き続けている。マックスは水道管が道に並行して墓地まで続き、そこから先もどこまでも開かれた田園地帯へと延びていることを知っていた。道の右側には雪に覆われた草原が、ターナロ川の最初の土手近くまで広がっている。

「僕は飛び出すんだ。川に向かって走り出すんだ。雪に足をとられて、僕はハチミツの中のハエのようになってしまうだろう。間違いなく殺されるだろう。それでも行くんだ。そのほうが簡単じゃないか。なんの準備もいらないじゃないか」

マックスはそう考えたが、走り出すことはできなかった。行進を続けていた兵士たちの一団の外へ、一歩を踏み出すことはできなかった。

道をひとつ曲がると、墓地の姿が目に飛び込んできた。

マックスは墓地の四角く白い外壁を見つめ、それから何も見当たらない平原の隅々にまで視線を走らせて、心の中で叫んだ。「君たちはどこにいるんだ、パルチザンよ。何をしているんだ、パルチザンよ。いつまでも隠れていないで飛び出してくれ。飛び出して撃ってくれ。僕たち全員を撃ち殺してくれ」

何ひとつ目には入るものはなかった。ただ、ひとりの老婆が墓地の先のはるか遠くのほうで、一匹のヤギを連れて水道管の横の小径を登っているだけだった。

一団は墓地の最初の角のところで歩みを止めた。マックスは片手を上げ、「まず小便をさせてくれ」と言った。しかしふたりの兵士はマックスとランチャをそれぞれ大急ぎで壁の前に押しやり、顔を壁に向けてふたりを立たせた。

マックスは肘を横に張ってランチャに触れようとしたが、うまくいかなかった。ただランチャの最後の吐息が、空中に白い霧状になって広がっていくのが、視野の片隅に見えただけだった。マックスは壁の中の赤い一点を見つめ続けることに神経を集中した。古くて薄汚れた灰色の漆喰の一部が剥がれ落ち、赤いレンガがむき出しになっている。彼は最後の瞬間が訪れるまで、その赤い印に視線を固定していることを心に決めた。

背後では完全な沈黙が続いていた。両膝から力が抜け落ちていったが、赤い印はいつまでも視線の高さにとどまっている。

世界の終わりを告げる轟音が響き渡り、髪の毛はすべて頭上で逆立った。横手で何かがぐにゃりと歪み、ゆっくりと地上に崩れ落ちていった。マックスは立っていた。背中は確かに無傷だった。小便が太腿を伝って流れ、そのあまりの熱さにほとんど気を失いそうだった。それでも意識を保ったままため息をつき、マックスは「さあ、こい」とつぶやいた。

どれくらい待たされたのかわからなかった。しばらくして彼は両目を開け、片側の地上に視線を向けた。小さな血の流れが枝分かれして近づいていた。それでも彼の靴のところまでたどりつく前に、凍えた地面の上で凝固していた。その血の流れの跡をゆっくりと目で追っていくと、地上に横たわっているランチャの姿が目に入った。夜に地下室で眠っていたときの姿そのままだった。ランチャの顎が、夢の中でなにかを嚙んでいる人の顎のように、最後にもう一度動くのが見えたような気がしたが、それも狂いかけた視覚のせいに違いなかった。

マックスは振り返った。兵士たちはランチャから視線を上げ、マックスのほうに目を向けた。ひとり少し離れたところに立っていた平服姿の男もマックスのほうに視線を転じた。レインコートのボタンを嵌めたばかりの様子で、軽機関銃はもう両手に握られてはいない。

兵士たちはその男の一声でわれに返ると、マックスに近づいて両腕を摑み、彼らの真ん中に連れていった。一団は行進を再開し、墓地の壁を後にして市の方向に進み始めた。

兵士たちは緩慢な足取りで歩き始め、マックスの表情に頻繁に視線を走らせていた。

マックスは視線を巡らせて平服姿の男を探した。男は後方にいてタバコに火をつけ、最初の何服かを吸い込みながら一行に合流するところだった。タバコの煙の向こう側から、灰色の瞳でマックスを見つめて言った。「おまえが自由になったとき、今度のことはいい教訓にするがいい。おまえは交換されることになっていた。昨夜のうちから司祭が丘から下りてきて、われわれに交換を申し出ていた。今日の午後、おまえはマドンナ・デッリ・アンジェリで交換される。しかし今回のことはいい教訓にすべきだ。捕虜になってもなんの不都合もなく、二十四時間後には自由になれたというのでは、あまりにも安易だったということになってしまうだろう。仲間たちにはなんとでも言うがいい。おまえが何を喋ろうが、私にはどうでもいいことだ」

マックスは言葉を返さなかった。水道管沿いの雪のあいだから黄色い草が姿を覗かせているのを、歩きながらいつまでも見つめていた。

7　エットレが仕事に行く

台所のテーブルには、父親が毎晩階下の工房から上がってくるときに肌に塗り込んでいるリニメントの小瓶、油で汚れた皿、塩の入った椀などが並んでいる……。エットレは母親のほうへ視線を移した。

母親はガスレンジのところで料理をしている。形の崩れた腰回り、平べったくなってしまった足を、エットレは少しのあいだ見つめていた。前屈みになるとスカートがめくりあがり、膝のすぐ上の大きなゴムバンドが丸見えになる。

エットレは母親を愛していた。

タバコを吸い終わると、暖炉のそばの床の上に積み重ねられたおが屑めがけて、吸い殻を放り投げた。しかし吸い殻はそこまで届かず、母親の足許に落ちた。母親は身を傾けて吸い殻を見つめ、それからふたたびガス台を前にして、背筋を伸ばした。

「何を見ていたんだ?」エットレはとげとげしい口調で訊ねた。

「そばに何が落ちたのか、わからなかっただけよ」。母親は冷静に答えた。

「そのおかしな目つきの意味くらい、僕にはよくわかっている。さっさと吸い殻を消したらどうだ」。エットレは叫んだ。

母親は息子をじっと見つめ、額に皺を寄せ、それから視線を床に落として吸い殻を踏みつけた。「消したよ」と言い、「そんなにタバコを吸ったら、身体に悪いじゃないか」とつけ加えた。

エットレは声を張り上げた。「マンマはユダヤ人だ。息子の健康のことなんか少しも考えちゃいないくせに。考えているのは自分の金のことだけだ。息子がタバコを吸い過ぎて結核になったって、気にもしないだろう。心配してるのは、タバコ代のことだけだ……。マンマはユダヤ人だ」

母親は頭を傾げ、何も言おうとせず、ただ胸を大きく前に突き出して溜息をついた。

エットレは母親が何か言うのを待っていたが、母親はいつまでも黙っていた。彼は下唇を大きく前方に突き出し、母親がわざとらしく注意を集中してジャガイモの皮を剝いているのを見つめていた。体内に怒りが込み上げてくる。黙っていることで母親が自分を打ち負かしているような気がしてくる。

エットレは椅子から立ち上がり、台所の中をあちらこちら歩き始めた。母親の背後に近づくたびに立ち止まり、そのたびに心の中は母親を挑発したくなり、背中を小突きたくなってたまらなかった。なんとか堪えていたが、最後に母親の背後で立ち止まったときに、腕を突き出して言った。「僕の人生くらい、好きなようにさせてくれたらどうだ。ほっといてくれ」

「私は何も言ってないじゃないか。何を言ったというんだい?」

エットレはもとに戻った。「口に出さなくたって、頭の中で考えてる……。僕がタバコに火をつけるたびに考えている。わかってるんだ。マンマは僕のことを金槌かなんかで殴りつけたくてたまらないんだ。タバコを吸ってもいいのは、タバコ代を稼いでいる者だけだって、そう思ってるんだ」

「そんなこと、言った覚えはないね」

「だけどそう考えている。白状しろ」。エットレは母親に近づき、両手を振り上げ、「正直に言ったらどうだ」と怒鳴りつけた。

母親はジャガイモを台の上にころがし、包丁を手にしたまま息子のほうに向き直った。「そこを動くんじゃないよ」

エットレが立ち止まると、母親は言った。「そこを動くんじゃないよ。どうせおまえなんか、もう少しも怖くないんだから。私を怖がらせるなんて、もうできやしないくせに」

エットレは笑った。「指先で顎を持ち上げてやろうか。それだけで震えあがるくせに。気をつけろよ、本当にやってやるぞ」

母親は若い娘のように素早い動きでエットレの身体をかわし、エットレとストーブのあいだをすり抜け、ドアに向かって走りながら「カルロ、カルロ！」と大きな声を出した。しかしエットレはすぐに母親に追いつき、先を越してドアを身体で塞ぎ、それから胸を反らし、両肩を動かしながら、母親をもとのガス台のほうへ押し戻した。「逃げようったって無駄だ。今回ばかりは、大

「つまりマンマは僕が働いてなくて、わずかばかりのはした金を家に入れないからって、僕のことが嫌になったってわけ? どうしてそんなことを気にするのか分からないよ。僕には僕の人生があるんだ、放っておいてくれ」と母親は言った。

「私はおまえが二十二にもなって、働いていないというのが我慢ならないんだよ」と母親は言った。

しかしエットレは台所の中央から動かず、ただ頭を振り、「あー!」と長い叫び声を上げただけだった。

「私はおまえが働いてないのが、嫌でたまらないんだよ!」と母親は叫び、ガス台の角に身を縮こませた。

エットレは怒りに駆られて頭を振り、目を閉じて叫んだ。「僕になんの恨みがあるんだ!」

「私はおまえの母親だよ。息子に恨みなんてあるわけないだろう」。母親はエットレのほうに向き直り、両手の掌を天井に向け、自分の主張を押し通そうとする弁護士のような仕草をした。

「嘘つきめ。正直に言え。僕になんの恨みがあるんだ」

「何もないよ」

「さあ、僕になんの文句がある?」

母親はふたたびジャガイモを手にして皮を剝き始めた。

「叫んだって無駄だよ。さあ、まずふたりだけで話し合おうじゃないか。僕たちだけで決着をつけようじゃないか。母親と息子だけでさ」。そう言って彼は笑った。

声を出してパパに聞いてもらい、パパを怒らせて、僕を怒鳴りつけたり、ひっぱたいたりしてもらおうったって、そうはいかない」。エットレは父親を呼ぼうとした母親の金切り声の真似をした。

とを憎んでいるんだ。稼ぎのない息子が食べたり飲んだりタバコを吸ったり、日曜の夜にはダンスに行ったり、月曜の朝にはスポーツ新聞を買ったりするのが、我慢ならないんだ。だからマンマは僕を憎んでいるんだ。僕が稼ぎもないのに、ちゃんと稼いでいる奴らが持っているものを、なにからなにまで欲しがっているからだ。その程度のことしかマンマにはわからない。他のことは何もわからない。何もわからないのはわかろうとしないからだ。本当のことをわかろうとしないのは、たとえどれほど本当のことでも、それが自分の得には少しもならないからだ。僕はこの人生とうまく折り合いをつけることができない。そのことはマンマにもよくわかっているはずだ。だけど認めたくないんだ。僕が上手に生きていくことができないのは、戦争を戦ったからだ。いつまでも忘れるんじゃないよ。僕は戦争を戦い、戦争は僕を変えてしまい、そして戦争は、僕がこの社会で生きていく習慣を無茶苦茶にしてしまったんだ。いま僕は一日中何もしていないけれど、それは破壊されてしまった習慣をもう一度作り直そうとして、そのことに全力で取り組んでいるからだ。そのことをマンマは理解すべきなのに、少しも理解しようとしない。だけど僕がわからせてやる」。そう言ってエットレはふたたび母親のほうに腕を突き出した。

母親は言った。「私にわかっているのは、おまえが働きたがらないってことだけだよ。私はこの目でちゃんと見ているんだからね。おまえはなんであの会社の仕事をやめてしまったんだい?」

「あの会社はなんとまあ素晴らしい仕事をやらせてくれたもんだろうね。なんでやめてしまったかなんて、マンマだってよく知ってるだろう。前にも言ったし、そのときだっていまと同じように、面と向かって大声で言ったじゃないか。僕がやるような仕事じゃなかったんだ。どんな仕事をやらされていたか、マンマだって見ただろう」

母親は唇を突き出して否定した。

「どんな仕事をやらされていたか、マンマだって知ってるくせに」と、エットレは大声で言った。「僕が本当に仕事に行っているのか、もしかしたら川に泳ぎにでも行ったんじゃないかなんて、そんなことを確かめるために一度こっそり仕事場まで見に来たんだから」

「そりゃ、おまえが夢でも見たんだよ」

「嘘つきめ、マンマは汚い嘘つきだよ」。エットレは叫び、母親は頭を垂れた。「僕は一日中コンクリートをミキサー車から現場まで運ばされたんだ。こうして一日中、とにかく一日中、手押し車で行ったり来たりしていたんだ。僕はパルチザンだったとき、二十人の男たちを指揮していたんだぜ。だからそんな仕事なんか、とてもやっちゃいられないんだよ。パパはそう説明したとき、僕のことをちゃんとわかってくれて、僕に何も言わなかった。なぜならパパは男だからだ……」

「おまえのお父さんは、可哀そうな愚か者だよ！」

「なんだって、パパが愚か者だなんて、そんなことを言うもんじゃない！」

「おまえのお父さんのことなら、私はなんでも言うよ。言いたいことを言わせてもらうよ。そんなことができる女は、世界中で私ひとりなんだからね。おまえのお父さんは愚か者で、何も見えなくて、だからおまえは好きなようにお父さんを騙している。だからおまえはお父さんに腹を立てないんだ。だけどおまえはいつも私に腹を立てている。私が馬鹿じゃないから、私を騙すことができないからさ。なにしろ私はおまえが口を開く前から、おまえが何を言いたいのかわかってるんだからね。おまえは私を騙すことができない。だからおまえはいつも私を憎んでるんだ」。母親は誇りに酔いしれているようだった。両手を腰に当てて、ほとんど踊りださんばかりである。

エットレは母親に言った。「マンマは利口だよ、本当にパパより頭が良い。頭の良さにかけちゃ、パパなんか目じゃない。だけど僕はパパのほうが好きなんだよ。マンマには馬鹿にされているけれど、僕はパパのほうが好きだ。マンマよりパパのほうが好きだ。もしもパパかマンマか、どっちかが先に逝かなきゃいけないということになったら、僕はもちろんマンマに先に逝ってもらうさ。一分だって、迷ったりしない」

エットレと母親はふたりとも真っ青になった。両腕をだらりと下げていた。

エットレは急いで母親のそばに駆け寄り、母親の両肩を摑み、白髪交じりの髪の毛の中に顔をうずめた。母親は暴れ、エットレを膝で蹴飛ばしながら叫んだ。「私を逝かせるがいいよ。触らないでおくれ。どっかへ行っておしまい。もうおまえの顔なんて、二度と見たくないよ」。そう言って母親は泣きだし、剝きだしになったエットレの肩の皮膚の上に涙を流した。それでもいつまでも暴れていたので、エットレは母親をさらに強く抱きしめた。ふたりはもう少しで床に倒れるところだった。エットレは激しい動きでなんとか均衡を保ち、大きな声で言った。「僕はマンマを離さないよ。だから暴れないで、大人しくして。僕はマンマを逝かせたりしない。マンマを抱きしめていたいんだ。だからもう動かないで」

母親はようやくおとなしくなったが、いつまでも泣きやまなかった。髪の毛は灯油の匂いがし、服には流しの匂いが染みついている。

エットレは母親に言った。「僕はなんで死ななかったんだろう。弾は前からも後ろからも雨あられと飛んできたのに。なのに僕は死ななかった」

母親は頭を振り、エットレの頬に強く頭をぶつけた。「ああ、エットレ。そんなこと言っちゃいけないよ。そんなこと言わないで、働くんだよ。なんでもいいから仕事をするんだ。やけを起こすんじゃないよ。マンマの言うことを聞いておくれ。私たちはもう少しで路頭に迷うところだなんて、そんなことをマンマが言っても、決して怒鳴りつけたりしないでおくれ。お父さんの仕事はもうどうにもならないんだよ。私は家のことしかできないし、それに私は肝臓が悪いんだ。おまえがいつまでも働いてくれないと、私たちは食べ物も住まいも衣服も失くしてしまい、しかもそれだけじゃなくて、心まで失くしてしまうんだよ。私たちはみんな憎みあってしまうんだよ」

「僕に任せておくんだ、マンマ。僕がなんとかするよ。家にお金を入れるよ。絶対だ」

「だけど、あんまり待たせないでおくれよ、エットレ。とりあえず少しでも私たちを助けておくれ。ひと息つかせておくれ。戦争が終わっておまえが家に持ってきた武器を、すぐ売ってしまったらどうだい」

エットレは母親の頭に自分の頭を押し当てて、左右に振った。「僕はもうマエストラ通りの武器商人に話を持ち掛けてみたよ。だけど買ってもらえないんだ。大き過ぎて、売り物にはならないんだってさ」

「どうしたらいいんだろう、エットレ」

「なんとかなるさ。それよりもマンマ、僕を許してくれ」

「わかったよ」

「そんなんじゃなくて、ちゃんと許すと言ってほしいんだよ」

「マンマはおまえを許すよ」

「それから今日のことはパパには内緒だよ。今晩パパには、何も心配しないで家に戻ってきてほしいから」

階下に下りて仕事場の前を通り過ぎたとき、父親は奥のほうに顔を向けていた。見えていたのは筋肉の盛り上がった肩だけだった。エットレは父親からこの力強い肩を受け継いでいた。父親は家具を磨いていた。酸の匂いが立ち込めている。

「何か手伝おうか?」

父親はわずかに振り向いただけで頭を振り、エットレがすでに外に出ようとしていたときに言った。「ただ夕食には早く戻ってこいよ。今晩は早く食事を済ませて、食べたらすぐに横になりたいんだ」

エットレは表に出て通りを歩き始めた。アルベルゴ・ナツィオナーレの裏手の広い中庭で、ペロータの試合を見るつもりだった。ペロータが好きだったのはゲーム自体の格好良さのせいもあったが、それだけではなく、広場にはいつも賭けに夢中になっている大勢の見物人たちがいたからである。彼らは老いも若きも同じように職を持たず、暇を持て余しているようだった。そんな大勢の人々を目の当たりにし、自分がその中にいると感じるとき、エットレには自分が、間違っている人々の中のひとりであるとは思われなかった。

しかし今日は、広場に近づいても、繰り返し壁に跳ね返るボールの音も、興奮した見物人たちの叫び声も、地面を踏みつける彼らの足音も聞こえてこない。

入り口から見えた競技場に人気はなく、中央でひとりの女が洗濯をしていた。そばでは子供が裏返しにされた盥の上に座っている。

エットレはまだ信じられないといった面持ちで中へ入っていった。子供はキャンディーをパンと一緒に食べていた。「今日は試合はないよ」と言った。

「わかっている」とエットレは答えた。表情は暗かった。誰か自分を怒らせた男を相手にしているようだった。

エットレは通りに戻った。競技場に誰もいなかったことで、気分はすっかり落ち込んでいた。誰かに裏切られたような気がする。

「パパはもう上かな。仕事場は閉まっていたけど」。ある晩、エットレは母親に訊ねた。

「仕事で出かけたんだよ」母親は答えた。マンマはもう、万事承知しているんだ、とエットレは内心思った。

「夕食はなんだい？」

「牛乳のスープだよ」

「そいつはいい」とエットレは母親に言い、食器棚のほうに近づいていった。棚の上には注射器の入った箱がふたつ並んでいる。色鮮やかで、いかにも人目を惹きそうな、きれいな箱である。外国タバコの箱のようにセロファンで包装されている。

母親はとっくにエットレのほうに向きを変えていた。「裏を見てごらん。値段が書いてあるよ。それともなにかい。何もしないほうがいいのかい。お金を節約して、肝臓をだめにしたほうがいいのかい？」

エットレはかっとなった。「何を言っている。何かしないわけにいかないだろう。こんな場合に、誰が金のことなんか気にするっていうんだ。いいかい。それがマンマの悪いところだ。我慢のならないところなんだ。悪い癖だよ。言わずもがなことまで、いちいち言わずにいられないんだから。マンマのそういうところが、僕は大嫌いなんだ。頭にくる」

母親はガス台のほうに向き直った。エットレはテーブルの端に手を伸ばした。「食卓の準備をしようか？」

「私がするよ」

エットレはポケットに手を入れ、それからわきに身を寄せて、テーブルに向かう母親に道を開けた。

「注射はどこにするんだい？」

「腕だよ」

注射は痛いのかとエットレは尋ねかけたが、結局何も訊かなかった。

父親は食卓の準備ができてから十分後に戻ってきた。エットレは父親が階段の最初の段を上がるときから気配に気づいていた。いつもの夜の足取りより軽快な感じがする。多分、ところどころ二段ずつ上がっているのだろう。

部屋に入ってきたとき、父親の口元には笑みが浮かんでいた。エットレはポケットから両手を出し、このあまり見慣れない表情を注視した。父親は頷くように頭を動かし、ガス台のそばの母親に向かって、何か肯定的な合図を送ったようだった。

「どうしたんだい、大口の注文でもあったのかい」とエットレは言った。

「おまえのことだよ」と父親は答えた。「大口の注文なんかより、わしにははるかに嬉しい話だ。テーブルにつこうか。座って話をしよう」

食卓でエットレは、父親が息子のためにチョコレート工場に職を見つけ、それゆえエットレは騎士勲章受勲者のアンサルディさんに感謝しなければならないという話を聞かされた。

母親がすぐに口をはさんだ。「だからおまえは、通りでアンサルディさんを見かけたら、忘れずにいつもきちんとご挨拶するんだよ」

エットレはいまにも母親のほうを振り返って、叫び声をあげそうになった。「知ってたんだろう。なんでさっさと言わなかったんだ。僕をびっくりさせて、嬉しがらせようとでも思ってたのか」。しかしどうせ母親は、まだ何も正式に決まっていたわけではないのだから、何も言わなかっただけだと、なんとかうまく言いつくろって、自分をさらに不愉快な気分にさせるだろう、とエットレは考えた。父親はいつまでも話をやめようとしなかった。

「なにしろ、おまえは工員になるわけじゃない」と父親は言った。「おまえはサラリーマンになるんだ。わしはアンサルディさんに言ったんだよ。息子は、学歴は大したことないが、頭は良いんだって。あの方はよくわかっているとおっしゃってくださった。おまえは出荷通知状を作るんだ。鉄道輸送業務のための書類だ。これはおまえだけの仕事で、他の誰の仕事でもない。それにおまえは事務所に座っているだけというんじゃない。頻繁に駅に出向いて、貨物管理事務所に顔を出す必要があるからだ」

エットレはまだ一言も口を利いていなかった。背後では五分前から、母親がじっと自分を見つめているのが感じられる。目の前の何もない空間に、まるで鏡に映し出されているかのように、不安げに固く結ばれた母親の唇がくっきりと浮かび上がっている。

「どうだ。おまえにはいい仕事じゃないか?」父親は訊ねた。

「いいに決まってるよ」と母親が言った。

顔面のすべての筋肉が怒りで引きつった。それでもエットレは黙っていた。父親は息子の様子に気づき、母親に言った。「そんな声を出すな。そもそも何も言うな。男同士の話に余計な口出しはするな」

「男同士ですって。あきれたもんね！」

父親は大声を上げた。「わしらになんの文句がある。おまえは鍋に鼻先を突っ込んでいろ。いつまでもそうしていろ。知りたいのなら教えてやるが、おまえを嫁にもらったのはそのためだ！」

母親は食卓に近づいてきた。視線は伏せているが、口許には不満げな表情がありありと浮かんでいる。「食べなさいよ、カルロ」と静かな口調で言い、夫の前に牛乳の入った深いスープ皿を差し出した。

父親はパンをちぎり始めて、言った。「おまえの持っている一番いい服を着ていくんだ。おまえは工員の仕事をしに行くんじゃない。工員なら汚い服ほどお似合いだろうが。それから髭は今晩中に剃っておけ」

「髭くらい、明日の朝だって間に合うだろう？」

「じゃあ好きなようにすればいい。わしが今晩中と言ったのは、明日の朝は準備に時間をかけたいんじゃないかって思ったからだ」

「準備って、なんの？」とエットレはスープ皿から視線を上げずに言った。

「出勤のさ」

母親が口を挟んだ。「エットレはまだ行くとも行かないとも言ってないじゃないか」

父親は頭を後ろに反らし、視線を妻から息子のほうに移した。

エットレは「行くに決まってるだろう」と慌てて言った。

「おまえは何を言いたいんだ」と父親は強い口調で妻に訊ねた。

エットレはパンを漬けないで牛乳を飲むことにした。そうすればスープ皿を持ち上げて自分の視線を隠し、その陰に隠れて考えることができる。それでも明日の朝、自分を否応なく仕事へと向かわせようとしている状況と言葉の連鎖を、なんとかして断ち切ることができるようなものは、自分の中に何ひとつ見つけ出すことができない。なんの考えも浮かんでこない。これほど不意を突かれたという経験は、戦争中だってなかったのではないか。

牛乳を飲み終えると、エットレは言った。「僕に出荷通知状の何がわかるっていうんだ?」

「教えてくれるさ。おまえは初日の朝に教わることになっている。社員のひとりがおまえについて教えてくれるそうだ。立派な若者らしい」

「そいつは誰だ」

「そこまではわしも知らない」

食事を嚙みながら、エットレは唐突に母親に向かって言った。「なんで僕のほうを見ている?」

「見ちゃいけないのかい」と母親は言った。

「僕を見るな」

「私が見ていたのはおまえじゃないよ。そこにあるお皿だよ」

それからエットレは母親に言った。「果物にしてくれないか、もしあるようなら」

「パパが食べ終わるまで待てないのかい。おまえはパパに大急ぎで食事をさせて、おまえと一緒に果物を食べさせようっていうのかい」

エットレは怒りに駆られた。「なんでパパが僕と一緒に果物を食べなきゃいけないんだ。パパが食事をしているあいだに僕が果物を食べたからといって、それがパパにとってなんだっていうんだ」

「こいつに果物を出してやれ」と父親は言った。

以前には国王の名前で呼ばれていた広場を横切り、エットレは工場の立ち並ぶ通りに入っていった。歩いていると、十五分ほど前に仕事場のドアのところに立っていた父親の姿が心に浮かんできた。息子が仕事をしに家を出ていくのを目にして、父親は心を動かされた様子だった。目は猟犬の目のようだった。父親は手を差し出し、エットレは父親の手を握り返した。しかしそうして見つめ直した父親の顔が、彼には見知らぬ男のもののように思われてならなかった。「おまえがおれの父親なのか？　それじゃなんでおまえは大金持ちじゃないんだ？　なんでおれは大金持ちの父親の息子じゃないんだ？」。目の前に立っていたあの男は、おれになんていう真似をしてくれたことだろうか。おれは貧乏な父親の子供となって生まれてしまったじゃないか。これじゃまるで、くる病の子供だったり、とんでもない頭でっかちだったりしたのと、まったく同じようなものじゃないか。

それからエットレは、十五分ほどしたら自分のすぐそばまでやってきて、出荷通知状の作り方を教えてくれることになっている男のことを考えた。エットレはその男に、罵詈雑言を浴びせかけた。声は震えていた。

道々、エットレは小さな作業所の中を覗き込んだ。ひとりの作業員が旋盤の覆いを外している。表情には悲しみも疲労も怒りの色も見えない。その後で電気会社の作業員たちがトラックに乗って通り過ぎていった。全員青い制服に身を包み、ひさしのある帽子に真鍮製の丸い記章をつけ、トラックの荷台の周囲に行儀よく並んで腰を下ろしている。そのせいでどことなく兵士たちの集団のように見える。彼らもまた、悲しんでいるようにも、疲れているようにも、怒っているようにも見えない。むしろ自分たちをとても誇りに思っているように見える。

しかしエットレはどちらの場合にも頭を振った。「仕事なんて汚らわしいペテンだ。戦争と同じことだ」

エットレはチョコレート工場の前まで来た。すでに男女の工員たちが二百人以上集まっている。どちらに目を向けていても、全員が磁石に引き寄せられているかのように、工場の大きな金属製の表門のほうに向いているような気がする。

エットレはそばに近づかず、公衆トイレのほうに行き、そこから労働者たちの集団とまだ閉められたままの表門を見ていた。その位置からは、工場の小さなテラスに設置された背の高いサイレンが見える。拡声器の周りでは、サイレンの音が響き渡るまでのあいだ、空気が細かく振動しているような気がする。

最後に社員たちがやってきた。八人、十人と数が増え、全員で十一人になった。アスファルトの路上の労働者たちと合流せず、彼らから離れて歩道の上にとどまっている。

エットレは公衆トイレの裏手に隠れ、金属製の格子窓を通して彼らを見つめていた。「おれは十二人目になるところだったんだ」と思ったが、すぐに頭を振り始め、そのままいつまでも頭を振り続けながら言った。「畜生め、とんでもない話だ。あんな奴らと一緒に穴の底に放り込まれてたまるものか。おれはおまえたちのひとりになんか決してならない。他にどんなことをしなければならなくなったとしても、おまえたちのひとりになんか絶対ならない。おれたちは違い過ぎている。おれを愛する女はおまえたちを愛することはできない。もちろんその反対だって同じことだ。おれの運命はおまえたちの運命と同じじゃない。おれには途方もないような耐え難い自己犠牲を、おまえたちは当然のことのように受け入れている。考えてみただけでおまえたちの頭髪を逆立ててしまうような恐ろしいことを、おれは平気で実行することができる。おれがおまえたちのひとりになるなんて、まったくありえない話だ」

すでに高く昇っていた太陽のせいで公衆便所から発散されてくる悪臭を堪えながら、こいつらは一日の一番素晴らしい八時間を、周囲を四つの壁に閉じ込められて過ごすのだ、とエットレは考えた。その八時間のあいだに外ではいろいろなことが起こるだろう。カフェや競技場では記念すべき人々の出会いがあるかもしれないし、女たちや電車や車が到着したり出発したりするだろう。夏には川があり、冬には雪で覆われた丘陵地帯があるじゃないか。こいつらは何ひとつ目にすることなく、なにもかも人から聞かされるだけの連中なのだ。父親の死に目に会うためにも、妻の出産に立ち会うためにも、許可を求めなければならない奴らだ。そして夕方になると、こいつらは四つの壁の中から外に出てくる。月末の帳尻を合わせるための少しばかりの金と、一日の昼間の少しばかりの燃えカスを手にして。

最後にもう一度頭を振って拒絶の意思を表し、エットレはビアンコに会いに行く決意を固めた。サイレンが鳴った。小さな音だった。エットレはサイレンの音がこれほど小さいとは思っていなかった。表門が内側から開かれ、最初に女たちが中に飲み込まれ、次に男たちの姿が消えていった。男たちは工場に入る前にタバコを消すか、あるいは表門に背を向けて、最後にもう一度ながながとせわしなくタバコをふかしていた。

次に社員たちが入っていった。彼らの姿が見えなくなる前に、エットレは出荷通知状の書き方を自分に教えてくれることになっていたのは、彼らの中の誰だったのだろうかと想像してみた。おまえはおれにそんなことを教えることはないだろう。今日も、そしてこの世では永遠に。「親愛なる友よ」とエットレは全員に向かい、特に誰にというわけでなく、言葉をかけた。「おまえにはおまえの経験があり、おれにはおれの経験がある。おまえはおれに出荷通知状の作り方を教えることができるかもしれない。しかしこのおれにだって、おまえに教えてやれることがないわけじゃない。誰にでもそれなりの経験というものがあるのだ。おれは武器の使い方を学び、人間たちをひと睨みで震えあがらせることができるようになり、両手を組み合わせ跪いて憐れみを請う連中を前にして、眉ひとつ動かさずにいることができるようになった。誰にだって、その人間なりの経験というものがあるのだ」

黒いワイシャツ姿の大きな門番が姿を現し、工場の壁に沿って右側を一度、左側を一度見つめ、それから表門の扉を引きながら構内に戻っていった。

エットレは公衆便所の後ろから抜け出し、カッフェ・コンメルチョへ向かって速足で歩きだした。ビアンコがそこで寝泊まりしていることはわかっていた。工場からはすでにブーンというモーター音が響き始めていた。

戦争中、ビアンコは英雄だった。一度はドイツ軍を相手に、たんにイタリアだけではなく、ユーゴスラヴィアでもポーランドでも、そんなことをした者がほとんどいないような離れ業を演じて見せたことがあった。いま彼は、アルバの工場主たち全員の目をくらませるほどの大金を誇示して生活していた。エットレはそんな大金の出所をよく知っていた。エットレ以外にも事情に通じている者も少しはいたが、エットレほど詳しく知っている者はいなかった。ビアンコはエットレをパルチザンとして高く評価していた。戦争が終わってから、ビアンコはエットレを仕事仲間に加えようとし、カーニヴァルのある晩、モッラ兄弟が経営している地下のダンスホールでそのことをエットレに提案したことがあった。そのときエットレはビアンコの提案を受け入れなかったが、それはおそらくふたりともかなり飲んでいたからであった。

エットレはカッフェ・コンメルチョに入っていった。床にはおが屑が大量に散乱しているが、掃除しようとするボーイの姿はひとりも見当たらない。もう九時になっていたが、掃除は始まっていなかった。もっともそれはカッフェ・コンメルチョが普通のバールではなく、朝の七時に列車が到着したときにココアを飲みに入ることができるような場所ではなかったからである。

ビアンコはまだ眠っていたが、目を覚ましてエットレの話に耳を傾け、タバコもすすめてくれた。最初、ビアンコはエットレに少し嫌味を言ったが、それはエットレが最初に誘われたときに彼の話に乗らなかったからである。しかしその後で彼は、自分の仕事はさらに大きくなり、人員が必要になっている。だから、もちろんエットレに加わってもらいたいと言った。おまえには今晩から早速仕事をしてもらうことにしよう。だからピストルを忘れないように。おれたちは今晩、もとファシストだった年寄りの家に行く。おれたちはそいつのファシズムの罪を、分割払いで許してやるというわけだ。

「ビアンコ、おれは明日の正午までに二万リラ要るんだが」

「なんのために？」

「母親に渡すためだ。母親の口を封じなくちゃならない」

「おまえの母親が、この仕事になんの関係がある？」

「証明しないわけにはいかないのさ。君と仕事を始めたことを。もちろん心配することはない。母親には君の仕事のために、ここからジェノヴァ港まで君のトラックで荷物を運ぶんだと言っておく」

「金は今晩中に渡してやろう」

エットレはビアンコのところから表に出た。気分は重かったが、冷静だった。もうだいぶ以前からビアンコと仕事をしているような気がする。

ビアンコと話をしているうちに十時を過ぎていた。チョコレート工場の午前の仕事はまだ二時間残っている。その二時間をなんとかして潰さなければならない。

カフェに下りていくと、ふたりの田舎者がビリヤードホールに入っていくのが見えた。ボーイが手玉と的玉を持ってきた。ふたりは上着を脱ぎ、ネクタイの先をワイシャツの中に押し込み、帽子は被ったまま、決闘のためにピストルを選んでいるような真剣な様子でキューを選んでいる。その間、ふたりはひと言も言葉を交わさず、視線も交わさず、いつまでも口に咥えたままのタバコから鼻孔に流れ込んでくる煙に顔面を顰めているだけだ。

ゲームは三十六ポイント制で、賭け金は一ゲーム一万リラだった。エットレは計数機に得点を記録することになった。ふたりはエットレにアペリティフを持ってくるように頼み、かわりにタバコを差し出した。一、二度、得点に関して文句があったが、それはエットレが少しぼんやりとしていたからである。彼はファシストの老人の現在の顔と、今晩見せることになるかもしれない顔の両方を思い浮かべようとしていた。

すでに十二時を回っていた。エットレは家に戻ったが、昼食時に父親に嘘をつく必要には迫られなかった。何も訊ねられなかったからである。エットレは父親が、夜になってエットレが一日の仕事を終え、まる一日の仕事の印象を抱くようになってから、色々なことを訊ねるつもりでいるのだということを理解した。

食事を済ませるとエットレはすぐに立ち上がり、外に出ようとした。

「もう行くのかい?」と母親は言った。

「おまえは黙っていろ」と父親が母親に言った。「いまエットレは働いているのだから、好きなようにしていいんだ」

カフェに戻ると、エットレはビリヤードを一試合し、コチンチナ(スコーパ系のカードゲーム)を一回楽しんだ。工場のサイレンが鳴ったとき、映画館で何が上映されているのか尋ねた。

「『荒野の決闘』だよ」

「どんな映画だ?」

「西部劇さ。ポスターが出ている」

「じゃ、その『荒野の決闘』とやらを見に行こう」とエットレは言った。

それでも映画館が開くまでにはまだ一時間あった。エットレはビリヤード室の隅に引きこもり、ひとりで物思いに耽り、タバコに火をつけた。

おそらくこのところ、タバコを吸い過ぎたせいだろう。吐き気がし、動悸が激しくなっている。すでにビアンコとの仕事が少しでも進んでいて、すでに金を手にし、両親の不安を鎮めることができていたら、どれほどよかっただろうか。「ああ、なんてうまくいったんだろう、なにもかも！」と言える日が、少しでもはやく来てもらいたいものだ。それから不意に、ある日曜日の光景が浮かんできた。まだ秋で、日曜の午後である。エットレは洒落のめして、自分の部屋から台所に来ていた。母親が窓際に腰を下ろし、隣の家の屋根を見ている。

「マンマは日曜も、どこにも行かないのかい？」エットレは訊ねた。

母親は頭を振った。

「休んでいるのか？」

「手と足は休んでいるけど、頭は休んじゃいないよ」

「頭で何をしている？」

「考えているんだよ」

「何を？」

母親は顎を上げた。積み上げられたたくさんの物のてっぺんを、顎の先で示しているような様子だった。

エットレは母親の背後に近づいて言った。「僕はマンマが何をしているのか知っているよ。僕たちを外に行かせてから、ドアに鍵をかけて家に閉じこもり、僕が家に入れた金を数え始めるん

「なんでもお見通しだな」と彼は言った。

　母親はエットレに言った。「バンダとデートなんだろ」

冬になってしまう」

「ちょっと歩いてくる。こんなに素晴らしい一日を無駄にしたくない。今年最後の晴天だ、すぐ
て、川でも見てるんだろう。ところでおまえはどこか行くようだけど、カフェかい？」

「ほかの人と違って、おまえのお父さんはめったに居酒屋には行かない。きっと橋のところへ行っ
「居酒屋かな？」

「知らないね」

「やめやしないさ」とエットレは答え、それから訊ねた。「パパはどこに行ったのかな？」

配だけどね」

で、嬉しくてたまらないよ。ただおまえが仕事をまたやめてしまうんじゃないかって、いつも心
「ああ、充分だし、とにかく今じゃおまえが、男がやるべきことをちゃんとやってくれているん
「充分だろう。嬉しいかい？」

「わかったよ。結構な額だね。だけど私は数えたりしない。いくらあるのか知っているから」

「なんだって」と彼は大きな声を出した。

　母親は大げさに頭を振って言った。「数えるほどの額じゃないじゃないか」

だろ」

「私の目は節穴じゃないからね」

「バンダに恨みでもあるのかい？」

「そんなことはないさ。でも不幸な娘さ。おまえのことを好きになるなんて。可哀そうに、不幸せな娘だよ。私はあの娘に言ってやるよ。なにしろ私はおまえの母親なんだから、あの娘に会ったら真っ先に、おまえのことを好きになるなんて、不幸せな娘だって言ってやるよ」

「おやおや、僕のことを好きになるのが、不幸せな女だっていうのかい。もしもマンマが若い娘だったら、僕を選んだりしないってわけか」

「当たり前さ」と母親は答え、大げさに頭を振り、指先を左右に動かした。

エットレは大声で笑い、母親の肩を摑んだ。母親は「誰がおまえなんか」といつまでも言いながら、指先を左右に動かし続けていた。エットレは若い娘にするように母親を軽く抱き寄せ、首筋を愛撫しながら、髪の毛に軽く唇を押し当てた。そんなふうにしながらエットレは言った。「マンマは本当に僕が好きにならないかな。僕はマンマが、あっというまに僕に夢中になると思うよ。僕のような男にね。ただそれにはマンマが若々しい小娘じゃなくちゃ。こんなみっともないばあさんじゃなくてさ」

エットレは身を屈め、不意を突いて髪の毛に接吻しようとした。しかし、母親は頭を左右に振り続けていたので、唇が触れたのは剝き出しになった首筋だった。母親は一瞬全身をこわばらせ、首をすくめて、静かな口調で言った。「いつまでもこんな生活を続けていたら、いまにどうなってしまうか、おまえにもわかってもらえたらねえ」。そう言って、ふたたび頭を左右に振った。

エットレは言った。「それじゃ僕は行くから、ひとりでお金を数えていな」

母親は肩をすくめた。エットレは家を出ながら心の中で呟いた。「ああ、なんて何もかもうまくいったんだろう」

エットレは映画館に行った。『荒野の決闘』は期待以上に面白かったので、同じ映画を二回見るのも苦痛ではなかった。とにかく六時まで時間を潰さなければならない。

映画館から外に出てみると、ほぼ六時になっていた。エットレはゆっくりとした足取りで家に向かった。

父親は仕事場の前の路上に出ていた。エットレが道の角を曲がると笑みを浮かべ、息子がすぐそばに来るまで笑顔を崩さなかった。

「どうだった、エットレ？」

「何が？」

「おまえの仕事だよ」

エットレは父親の顔をじっと見つめ、強いため息をついて言った。「パパ、僕は自分の仕事はちゃんとするし、これからだって続けていくよ。だけど僕はこの仕事は好きじゃない。決して好きになれそうにない」。エットレはそう言って階段を上がっていった。

階上でエットレは真っ先に母親に声をかけ、いつもより早く夕食にできるかどうか尋ねた。母親はすぐに食事にすると言い、お父さんは職人仲間の集まりに行くんだけど、それが八時の予定なんでね、と答えた。

母親は仕事のことは何も訊ねなかったが、聞きたくてうずうずしているのは明らかだった。それでも彼女には勇気が欠けていた。どんな口調で息子に話しかけたらいいのかわからず、息子が一瞬にしてマッチのように燃え上がるのを恐れていた。エットレは神経質に顔面を引きつらせていた。

父親も上がってきたが、食事のあいだ何も言わず、常に視線を伏せたまま、まるで何かを恥じているような様子だった。

夕食が終わると、父親は隣室に下がり、そこにしばらくとどまった後で、出入り口に向かっていった。「出かけてくる」と妻に言った。

母親は振り返って夫を見つめた。そのまなざしには軽蔑と絶望の色が浮かび上がっている。強い口調で言った。「なんで着替えなかったの？　せめて鳥打帽くらいやめにして、まともな帽子をかぶっていったらどう。集会に行くんでしょ。それじゃまるで、乞食同然じゃないの」

「おれはそんなものだ」と父親は静かな口調で答えて出て行った。

父親が出ていくと、母親は出入り口に向かい、荒々しくドアを閉め、それからエットレに向かって言った。「見ただろ。あの人は身なりを全然かまわないんだよ。だらしがないったらありゃしない。ズボンだって、お尻のところがすっかり擦り切れてたじゃないか。おまえだって見ただろう」

流しの上の窓の外を眺めながら、エットレは言った。「パパが生きたいように、生きさせてあげればいいじゃないか。残された人生だってそんなに長いわけじゃないんだから、その間くらい、好きなようにさせてあげればいいじゃないか。何でもやりたいようにやらせてあげればいいじゃないか。僕は願っている。そうなってほしいと思っている。残された年月を、お父さんがいまの僕のようにまだ若かった時のように、生きることができたらって。お母さんの夫であることも、僕の父親であることもやめにして、三十年間お父さんを縛りつけていた義務から解放されて、最後の数年間を自由で独り身の男であるかのように生きてくれることを。こんな僕の気持ちが、お母さんにはわかるだろうか」

母親は息子のほうに向かい、じっと彼を見つめ、不服そうに唇を噛みしめていた。

「マンマは、ただの女なんだ」と、そんな母親の様子を見てエットレは言った。

彼は煙草に火をつけ、母親は食器を集めて水をかけ始めた。

エットレは決心がつきかねていた。表に出て夜の時間を楽しむために金が必要になったとき、いままではなんとかして母親に無心する決心を固めなければならなかった。いまの彼はちょうどそのときと同じような状態だった。

母親も同じことを考えているようだった。エットレのほうを振り返らず、突然こう言った。「おまえはもうお金はいらないのかい？　仕事は今日始めたばかりだろ。まだ家にだって一文も入れてないんだし」

エットレはタバコの火を消し、落ち着いた口調で言った。「僕は仕事には行かなかった」

母親は振り返った。濡れたままの手を胸に当て、心臓のあたりを押さえつけている。大声で叫んだ。「私にはわかっていたよ。そんなことだろうって思っていたよ。だけど、それにしてもあんまりじゃないか。おまえは頭がどうかしている、エットレ。おまえは悪い人間だよ。恩知らずなんだよ。お父さんとお母さんが、喉が渇いて死にそうになっても、おまえは水一滴、恵んでくれようとしないんだ……」

「大きな声を出すな!」と、エットレは突然立ち上がって叫んだ。「僕は今晩仕事を始める。ビアンコと一緒だ。トラックに荷物を積んで、ジェノヴァに行ってくる。おや、もう機嫌がよくなったようだな。僕は明日帰ってくる。明日帰ってきて、チョコレート工場にいたら一月はかかるくらいの大金を、マンマに持ってきてやる。それでどうだ?」

母親は何も言わず、流しのところへ行って蛇口を閉め、それからまた戻ってきて言った。「どんな仕事なんだい?　まともな仕事なんだろうね」

「なんだ、そのまともっていうのは?」

「まともっていうのはまともってことさ。長続きするんだろうね。それともジェノヴァから戻ってきたら、おまえはまたぶらぶらするんじゃないんだろうね。とにかく私は、おまえが何もしていないのを見るのがたまらないんだよ。気が狂いそうになるんだよ」

「心配はいらない。ジェノヴァが済んだら、トスカーナとかローマとか、もしかしたらシチリアにだって、僕たちは輸送に出かけるだろう。皮の上着を買うべきだろうな、運転手用の」

「私が古着を買ってやるよ」と母親は慌てて言った。

「いや、僕はビアンコに買ってもらう。そういうことはあいつが考えるべきだ」

「おまえはいつビアンコと話をしたんだい？」

「今日だよ。今朝、僕はチョコレート工場に行かないで、ビアンコが寝てるところに行ってきた。以前に話があったのは数か月前だったけど、そのときすぐに引き受けなかったんで、ずいぶん損をしてしまったよ」

儲け損なった金の話を聞くのが母親は辛そうだった。そのせいで顔中に皺が拡がっている。強い口調になって訊ねた。「なんでそのときすぐに承知しなかったんだい？」

「ビアンコだって、ボスであることに変わりないからさ。他のボスと同じことだ。あのころ僕は、誰かの下で働くのは真っ平だった。もっともいまじゃ、最初は誰かの下で働かなきゃならないってことくらい、僕だってわかっている。ビアンコをボスに選んだのは、あいつの下だったら、さっさとひとり立ちできるからだ……。とにかく金のために、僕はこれからやり直す。一年もすればたっぷり稼いで、ビアンコと別れることもできるだろうし、独立して仕事を始めることもできるだろう。ひとりでなにをするのか、まだ決まっていない。だけどビアンコに使われているうちには、いい考えも浮かんでくるだろう。そうなったらマンマには何でも買ってやるよ。タバコ屋でも食料品店でも、選り取り見取りさ。とにかくマンマは座ったまま、金の計算をしていればいい」

母親は口を閉ざし、潤んだ瞳でエットレを見つめていた。胸が波打っている。それから息子に訊ねた。「なんでそんなにたくさんのお金が稼げるの？」

「金になる仕事なんだ。そういう仕事なんだよ」

「どんな仕事？」

「商品をこっそり運ぶんだ、検査に引っかからないように」

「じゃ危険なの？」。母親は怯えたわけではなかった。ただ非常に用心深そうな様子だった。

「危険なことは何もない。見つかっても罰金で済む。拘置されるわけじゃない。それに罰金を払うのはビアンコだ」

「じゃ、危険じゃないんだね」

「僕がトラックを運転しているとき、マンマはお祈りなんてしなくたって大丈夫さ」

「わたしはおまえのために、もうお祈りなんかしたことがないよ」

エットレは笑い、それから言った。「じゃ行ってくる。初日の夜から遅刻ってわけにもいかない」

「ジェノヴァからはいつ戻るの？」

「明日の昼には戻っている」

母親はちょっと考えてから言った。「新聞を少し持っていくといい。お腹の上に置いておくんだよ。運転中は冷えるからね」

「そんなことを言うのは、マンマがトラックの運転席に乗ったことがないからさ」。それから「部屋で支度してくる」とエットレは言った。

母親は背後から声をかけた。「お待ち、ドアを少し開けておきな。それから帰ってくるときには、必ずお金を持ってくるんだよ。じゃないと、私はもうおまえの仕事に賛成しないからね」

「マンマはもう、お金を手に入れたようなものさ。パパにはよろしく頼むよ」

「わかったよ。言っておくよ。だけど、お父さんは少しも嬉しくないだろうね。おまえはお父さんの言うことを聞かなかったんだから」

「だけど言うことを聞かなかったのは、これが初めてでもない」

「だけど今回ばかりは、お父さんがおまえに言うとおりにしてもらいたかった最後の機会だっただろうね。まあ、気にすることはないさ。私から上手に言っておくから、とにかく行っておいで」

「パパには悪かったけれど、いつかはパパだって喜んでくれるよ。僕は必ず、パパに楽しい晩年をプレゼントするから」

エットレは自分の部屋にいき、櫛が入っていた引き出しを乱暴に音を立てて開き、それから今度はそっと音を立てずに閉じた。爪先立ちになってベッドに近づき、マットレスの下からピストルを抜き出した。ピストルを見つめ、上着の下に隠し、部屋を出て仕事に向かった。

8 あの古風な娘

その日マルツィアーノがルスティケッロから戻ってくると、ナーノの農場の中庭に見たことのない少女が立っていた。よその土地の婦人のような服装である。少女はマルツィアーノに気づくと、じっと彼のほうを見つめたので、彼は足許の地面に視線を落とし、急いで家に戻った。ナーノの農場主の娘が都会を離れて高原にやってきたとしか思われなかった。

「どんな服を着ていたんだい」と、家に戻ると母親は訊ねた。

青い服を着て、白い靴下をはいていたとマルツィアーノは説明した。すると分益小作農の妻は、その子はナーノの農場主の娘ではなく、お父さんの姪だよと言った。トリーノのロジーネ修道会の寄宿学校にいるんだけどね、そこに入ることができたのは農場主さんのおかげなんだ。可哀そうに、倒れてきた馬車の下敷きになって、両親が死んでしまったものだからね。アルジェンティーナというんだ。きっと休暇を利用してナーノにやってきたんだろう。

パヴァリオーネではそれ以上少女のことは話題にならなかった。しかし若者たちは代わるがわるナーノの農場を見下ろす岩山に登り、そこから長いあいだ農場の作業場を眺めるようになった。

ある日の夕方、アゴスティーノが栗林の横の小径を気ままに歩いていると、目の前を塞ぐようにしてアルジェンティーナが姿を現した。マルツィアーノが言ったとおりの服装である。ちょうど風が吹き過ぎていったところで、少女は片手を上げて首筋にかかった髪の毛の乱れを正していた。アゴスティーノは咄嗟に森に飛び込んで身を隠そうとしたが、少女は一瞬早く振り返り、折り曲げられた腕の下から黒い瞳でじっと彼を見つめた。アゴスティーノは手足を縛られてしまったように動くことができなかった。

じっとしたまま、少女は訊ねた。「あなたは誰」

アゴスティーノは黙っていた。

「この辺の子?」

アゴスティーノは視線を下げたが、それでも少女の都会風の黒い靴の先端が見えていたので、さらに視線を低くした。

「可哀そうに、口が利けないのね」

「利けるよ」と彼は大きな声を出した。

少女は笑い、彼のほうに向かって坂道を一歩下りてきた。「じゃ、あなたは誰なの」

「パヴァリオーネの召使いだよ」

「じゃ、マッテーオのところにいるのね。だけどただの召使いにしてはとっても生意気だわ」

「君だって生意気じゃないか」

「私が誰だか知っているの」

「マルツィアーノのお父さんの姪だろ」

「なんで知っているの」

「ご主人の奥さんから聞いたよ」

「どこに行くところだったの」

「勝手に歩いていただけさ」

「勝手にですって？　まだ明るいうちから召使いが勝手に歩きまわっているなんて。パヴァリオーネから逃げてきたんじゃないの。正直に言いなさいな」

「そうじゃないよ。今日はもう仕事が終わったから、散歩していたんだ」

アルジェンティーナはそっと栗林のほうに視線を向けた。「森の中に行くの？」

「気が向いたらね」

「行きなさいよ。私、ついていくから」

「僕は自分の好きなようにするよ」

「どうして私と一緒に行きたくないの」

アゴスティーノは丘の頂のほうに視線を逸らしたが、少女はその後を追い、彼の視線をとらえるともう放そうとしなかった。「私と一緒に森の中を歩いてみたくない」

「なんで僕と一緒に森に行きたいんだ」

「だって森には鳥の巣がいっぱいあるでしょ。あなたに鳥の巣を探してきてもらって、生まれたばかりの雛を集めてきてほしいのよ」

「それをどうするんだ」

「木の棒を見つけて、あなたが雛を持ってきてくれるたびに、一羽一羽突き刺していくのよ」

「そんなこと、誰に教わったんだ?」

「私ひとりで思いついたのよ、まだ小さかったときに。鳥の巣を探してくれる男の子たちはいつも周りにいたわ」

「僕はそんな奴らのひとりじゃない」。アゴスティーノは強い口調で言い、少女に背を向けた。

少女は背後から声をかけた。「私と一緒に森に行ったら楽しいのに」

後ろを振り返らず、アゴスティーノは頭を振って申し出を拒否した。小径が急な下り坂だったせいもあり、もう走り始めていた。

「馬鹿!」と後ろからアルジェンティーナは叫んだ。「なんて馬鹿なの、じゃマッテーオの男の子たちにやってもらうわ」

実際そのとおりになり、最初はジェーニオの番だった。ジェーニオの姿が家中探しても見つからなかった日の夜、アゴスティーノは身体の中に得体の知れない苦しみを覚えた。彼は農作業場に出た。目は闇に塞がれ、耳は海から吹きつけてくる強く快い風に塞がれていた。そんな暗闇の中のどこかで、アルジェンティーナがいつもの青い服も白い靴下も脱ぎ捨てて、ジェーニオと一緒にいることをアゴスティーノは疑わなかった。家畜小屋に入って横になったが、眠ることはできなかった。背中を丸め、頭を胸に近づけて一晩中目を覚ましていた。新しい泉から初めて湧き出してくる水の音に、じっと耳を澄ましているような気分だった。

次はマルツィアーノの番だった。ふたりの若者はなんでも話してしまったので、近くの村の若者たちもアルジェンティーナと夜を過ごしたいと思い、姿を見せるようになった。みんなそのことに気づいていた。

マルツィアーノの姿が見えなかった夜の翌日、アゴスティーノは仕事が辛くてならなかった。これまでにない経験であった。日が暮れるのが待ち遠しくてならない。地上から見上げてみても、太陽は大空の同じ場所にいつまでも釘付けにされているような気がする。身体じゅうが硬直して痛みを覚えるほどになり、それから急に脱力感に襲われ、いまにも膝が崩れそうになった。いま彼は自分の肉体の一部が、他のどのようなことに使うことができるのか、また使うべきものであるのか、わかるようになった。いままで知らなかったわけではない。ただこのときまでは、いつも自分以外の男たちのことのようにしか思われていなかった。マッテーオの農場に背を向けて、自分の身体の一部を見つめ、手で触れてみた。今晩こそはこれが、アルジェンティーナに対して、地面を掘り起こす鍬になるのだと心に決めた。

日が暮れて夕食を済ませると、アゴスティーノは家の裏手に回り、耕作地に面した壁のそばの切り株の上に腰を下ろした。そこで地上のすべてのものがただ暗い風だけになってしまうのを待ち、それから立ち上がると、ナーノの家の窓明かりが見えるようになるまで歩いて行った。しかし恐れと絶望感にとらわれ、ほとんどすぐ元に戻り始めた。

あらためて切り株の上に腰を下ろした。するとやがて視界の片隅に何かが動くような気配が感じられ、何かの影だろうと思ったが、姿を見せたのはアルジェンティーナだった。

ふたりは黙って森に向かった。アゴスティーノはアルジェンティーナの腕を強く摑んで離さなかった。少女がいまにも暗闇の中に逃げ去り、闇の奥から自分をからかって大きな笑い声をあげるような気がしてならなかった。

傾斜した地面の上で、アゴスティーノはアルジェンティーナを抱いた。風が吹き、少女の呻き声ははるか遠くへと運ばれていった。

その後で、アルジェンティーナは言った。「あなたがあんなに馬鹿で生意気でなかったら、最初の男になれたのに」

「僕はこれだけで充分に幸せだよ、アルジェンティーナ」

「私はあなたの名前も知らないのよ」

「アゴスティーノだよ」

「なんですって?」

「アゴスティーノさ」

しかし噂はさらに遠方にまで広まり、ますます頻繁に囁かれるようになった。遠くは七本の道が交わるピローネの交差点付近の若者たちまで、またセッラのトマリーノのような小さな子供たちでさえ、毎晩のようにナーノの農場を見下ろす岩山に登り、そこから何度もアルジェンティーナに呼びかけるようになった。しかし少女は顔を出さなかったので、若者たちは大声を張り上げ、嘲るような馬鹿笑いを上げるようになり、しまいにはアルジェンティーナの伯父も銃を手にして表に出て、空に向けて発砲するような始末だった。

パヴァリオーネでマッテーオは言った。「ここの若者たちにとってはいい捌け口になっただろう」

「だけどいまじゃ、悪い習慣を身につけてしまったわ」と分益小作農の妻は言った。「これからは誰が面倒を見たらいいの？」

「いつかは始まってしまうことだ」とマッテーオは言い、もじもじと身体を動かしていた娘のドメニカに言った。「おまえは気を揉むことはない。すぐにいい婿を見つけてやる。そうすればおまえもおまえなりのことができるようになるだろう。それもまっとうにだ」

マッテーオの妻は不思議だった。「ロジーネの寄宿学校であんなこと教えていたなんて、そんなことあるはずがないわよね。あの小悪魔みたいな娘は、一体どこからやってきたのかしら」

それを知ることができたのは、ナーノの分益小作農の妻からだった。彼女は姪をテーブルに縛りつけ、革ベルトでたっぷり引っ叩き、それからいったい何を考えていたのかと訊ねた。アルジェンティーナは涙を流し、寄宿舎に入っていない娘たちは誰でもいつもそういうことをしていると思っていたと答えた。

翌日の朝、伯父はアルジェンティーナを馬車に乗せ、アルバまで連れていき、トリーノ行の電車に乗せた。頭と肩には伯母の黒い服が掛けられ、彼女の姿は隠されていた。それでも馬車が通り過ぎると、畑で働いていた男たちはどこでも全員背筋を伸ばして馬車を見送っていた。

9 緑色の水

川に着いたのは正午ごろだった。誰もいなかった。カワセミの姿もなかった。彼はすでに橋を渡っていた。町と反対側の岸のほうがいいと思っていたからである。砂土の中に消えていく小径を通ってさらに遠くまで来ていた。立ち止まって腰を下ろしたところからは、地平線に張りつけられているような橋の姿が目に入る。橋上の人々や馬車が蟻やおもちゃのように見える。

ポプラの木の下に腰を下ろしてからすでにかなりの時間が経過していた。膝から上は木陰に入っているが、足の先のほうには日が当たっている。どうしてまだ何もしていないのだろう。ちょうど目の前で、藪の茂った砂利だらけの河原の一部が川面に突き出し、水の流れを乱している。そこへ舞い下りてきた小鳥の動きに、長いあいだ心を奪われていた。小鳥は河原の上をあちらこちら探索し、両足をそろえて藪のあいだを跳ね回りながら、首の中に仕掛けでも隠されているかのように、頭部を左右に向けている。美しい小鳥だった。背中は黄褐色で、真っ白な首の周りには青いリボンが巻かれているように見える。彼は小鳥の種類を知りたいという信じられないほどの好奇心のとりこになっていた。町に戻ったら鳥に詳しい友達のヴィットーリオに姿かたちを説明して、小鳥の名前を知ることができるかもしれないと思う。だけど僕は町には戻らないだろう。さようなら、ヴィットーリオ。君はきっと驚くだろう。

どれくらいそうしていたのかよくわからなかった。とにかく長いあいだ小鳥の動きを目で追い続けていた。その間、口許にはずっと優しい笑顔が大きく広がっていた。そのことに気がつくと、彼は自分でも内心唖然としてしまった。少し瞬きをすると、それからはもう小鳥の姿を目でとらえることはできなかった。

小鳥の姿が見えなくなり、足先に広がる河原に視線を落とした。きれいな砂が一面に広がっている。中空を飛び回る小さな昆虫の影さえ、あとを追うことができるほどだ。

それから喉の渇きを覚え、オレンジソーダの瓶を二本投げ捨てた雑草のあいだに視線を向けた。すぐに二本とも飲んでしまったのは失敗だったと思う。しかしいつまでも飲まないでいると、オレンジソーダは生ぬるくなり、まるで尿のようにまずくなってしまうだろう。それに自分は、こんなにいつまでもぐずぐずしているとは思っていなかったのだ。

オレンジソーダを買ったときのことが思い出された。オッターヴィオのバールだった。オッターヴィオはほとんど友達も同然だった。

「オレンジソーダ二本」

「なんで二本なんだ」

「きっと二本くらい要るだろう。喉が渇くに決まっている。この暑さの中を遠出するんだから」

きっと女とどこかへ行くのだろうという考えが、オッターヴィオの頭に浮かんだのは明らかだった。しかしオッターヴィオはただ「それじゃ瓶ごと持っていくんだな」と言っただけだった。

「空き瓶は返すことになっている。今晩、忘れずに持ってきてくれ」

「返せる自信はないよ」

「それじゃ一瓶につき二十リラ預けていってもらおう。四十リラだ。空瓶を持ってきてくれたら今晩返却する。ありがとう、じゃあな」

「ああ、オッターヴィオ、僕が預けた金を、君が返してくれることはもう決してないだろう。今晩か明日、君は僕の十リラ札をレジの引き出しの中に探すかもしれない。それを見つけたと思ったとき、君は四枚の紙幣を掌に載せ、じっと見つめながら、色々な思いを抱くだろう」

しかし喉の渇きはいつまでもおさまらなかった。彼は思った。「どうして喉の渇きが気になるのだろう。ここに来たのは水のためではなかったのか。どうしてこんなにぐずぐずしているのだろう」。彼は立ち上がった。

木陰をあとにし、日射しの中を水の流れに向かって歩きだした。近くか遠くに釣り人たちの姿がないかどうか、周囲を見回した。誰の姿もなく、緑を背景にして揺れ動く釣り竿も、土手の湾曲部から突き出ている釣り竿も目に入らない。

川の流れをよく調べてみることにしたが、その前にまずタバコに火をつけたくなった。贅沢なタバコを買ってあった。いままで一度も買ったことのないタバコだったが、今日は特別である。

しかし紳士向けのその有名なタバコは舌に絡みつき、その過度の甘さは彼を苛立たせた。四、五回ふかしたあとで、吸い殻を投げ捨ててしまった。投げ捨てられたタバコは、地上から驚くほど青く濃密な煙を漂わせた。渦を巻いて上昇する煙は、金色に輝く大気の中にくっきりと浮かび上がっている。遠くからでも見えるほど色鮮やかで、いつまでも消えていかない。誰かの注意を引かないともかぎらなかった。そばに近づき、足先で丁寧にタバコの火を消した。

それから水際に立ち、川の流れを観察した。二十メートルほどの長さを視界に収め、じっと見つめ続けた。そこが決着をつける場所であることを彼は知っていた。驚いたのは水の色の変化である。川面を流れていく水は鉄灰色だったが、深いところの水の表面は緑色だった。一番近くの流れと、その流れが治まっていくあたりの水の表面を観察した。小石を拾い、腕を前後に三回揺り動かし、小石が深い水の表面に垂直に落ちるように放り投げた。ポチャンと大きな音がし、飛沫が高く跳ねあがった。両肩を縮こませ、水面に輪が広がっていくのを見つめ、それから肩から力を抜いて思った。「川のことはよく知らないけれど、きっと深さは充分だろう」

膝を伸ばしたまま、身を屈めて考えた。「簡単なことだ。僕は流れの中に行き、流されるままになる。流れは僕を勝手に深いところへ運んでくれる。車に乗って行くようなものだろう。泳げなくてよかった。子供のころ、またもう少し大きくなってからも、僕は泳げなくて面白くなかったことをよく覚えている。だけど今、僕は泳ぎを覚えなくてよかったと思う。一度流れに巻き込まれてしまえば、もうどうすることもできないのだから」

膝を伸ばし、上半身を屈めたままの姿勢で、両足を交互に引きずるようにして水の中に進み、指先を水に浸けてみた。温かかった。もう少し先に行けばこれほど生温くはないだろう。でもそれほど変わらないかもしれない。河原には彼のほかに、六、七匹の奇妙なハエのような虫が群れている。背の部分がきらきらと青い光に輝いている。岩の上や漂流物によじ登り、砂原を動き回り、彼のことを怖がっている様子もない。片手を振りまわすと、すぐに離れていくが、それほど遠くまで行くわけではない。

膝に両手を当て、水の表面を見つめてみた。川の流れの音で両耳が塞がれてしまう。水面から視線を上げると、流れとは反対の方向に地面が逃れ去って行くような感覚を覚える。「地面が行ってしまう」。頭の中に眩暈を覚え、それが自分には都合がいいことのような気がする。しかし身体をまっすぐに伸ばすと、眩暈はすでに消えていた。

ポケットの中のタバコの箱のせいで、太腿のところが膨れ上がっている。タバコの箱を取り出し、投げ捨てようとした。しかし彼は腕の動きを止め、流れの来ていないところに飛び出している石を探し、その上にタバコの箱を置きに行った。中身はまだほとんど残っている。これを見つければ、誰かが喜ぶだろう。ここまで枯れ木を探しにくる誰か不幸せな人の目にとまるだろう。

小石を拾い集め、ひとつひとつワイシャツの胸の中に入れていった。その重みのせいで、背筋を伸ばして立っていることはもうできない。視線を上げて大空を仰ぎ見た。日射しのせいで目を閉じる。彼は言った。「お父さん、お母さん、どこにいるにしても、僕が見えているかどうかわからないけれど、もしも見えていたとしても、決して目を蔽わないでください。あなた方のせいじゃない。それだけは言っておきます。あなた方のせいじゃない！　誰のせいでもないんです」

彼は歩き続け、すでに膝まで水の中だった。前方へと進みながら、いつまでも川底の石を拾い続け、膨れ上がった胸の奥に入れていった。全身を折り曲げて、流れの最も速いところにたどりついた。その先は緑色の水に通じている。

10

十月十日（ノヴェ・ルーネ）

「何をしたんだ、おまえは」。母親はドアを閉める時間も与えず、だしぬけに訊ねた。

「どうしたんだ？」と、彼は警戒しながら訊ね返した。

「あの子が来たんだよ、リータが」

「リータが？　でも何しに？」

「どうしてもおまえに会いたがっていて、どこに行けば会えるかって訊かれたけれど、そんなこと私にわかるわけないだろ。とにかく息を切らしていたよ。少しもじっとしていられなくて。家に戻って昼食を済ませたら、すぐにまたおまえを探しに行くって言っていたよ。いったい、何をしたんだ、リータとおまえは？　なんか悪いことでもしたのかい？」

「変なことは何もしていない、僕たちは」。彼は答えた。「あいつに何があったのか全然見当がつかない。頭がどうかしてしまったんだろうか。とにかく飯にしよう。その後であいつを探して、頭が狂ったんじゃないかって、訊いてみるよ」

昼食後、彼は外に出た。寒さの中を、二本の通りを抜けて行ったが、どうして他の通りにしなかったのか、自分でもわからなかった。すると偶然リータの姿が目に入った。工場の立ち並ぶ道の曲がり角で、立ったまま震えている。

ウーゴは立ち止まり、遠くから彼女を見つめていたが、すぐにまた歩きだした。そばまで行かないわけにはいかなかった。

リータの瞳の中には恐怖の色しかなかった。

彼が口を開く前にリータは言った。「できちゃったのよ。あなたのせいだわ」

「なんだって」と、彼は小さな声を出した。

視線は思わずリータの腹部に向けられた。もっとよく見ようとして、一歩後ずさりする。自然と両手が下がって、リータのコートの裾を腹部まで持ち上げようとするのを、なんとか抑えなければならなかった。

ウーゴの目に恐れの色が浮かび上がるのに気づくと、リータの瞳はふたたび恐怖が溢れ出そうになった。ウーゴは怯えたようなまなざしでリータを見つめていた。リータの身体の奥深くの導火線に火をつけ、リータがいまにも爆発するのを待っているかのようだった。

「あなた、どう思う?」リータは唇を震わせて訊ねた。

「確かなのか?」彼はしわがれた声で訊ねた。

「お医者さんがそう言ったわ」

「もう医者に行く必要があったのか?」

「吐くようになってしまったのよ」

ウーゴは嫌悪感をこらえきれずに顔をしかめ、手で太腿を叩きながら大きな声を出した。「そんなこと、おれに言わないでくれ！」

「ウーゴ！」とリータは叫んだ。

「で、君の両親は？」と、少しして彼は訊ねた。

「何も知らないわ。まだ二か月は隠していられるけれど、それ以上は無理ね。二か月したら、川に身を投げる覚悟をしなくちゃ」

「僕がいるじゃないか」ウーゴはリータのほうを見ないで言った。

リータもウーゴのほうを見ないまま、耳を傾け、それから頭を振った。

ひどい寒さだった。寒さは遮るもののない牧草地の上を通過して、川から流れ込んでいた。

ウーゴはリータの肩に腕を回したが、リータの瞳を見つめることはできなかった。ふたりは呼吸を交互に繰り返していた。ひとりが息を吸うと、その後でもうひとりが息を吸う、そんなゲームを続けているようだった。

「どうしたらいいのかしら」とリータは言った。

「なんだって」

「私はどうしたらいいのかしら」

彼は返事をしなかった。少し待ってからリータは言った。「あなたはどうしてほしいの？」

ウーゴは口をわずかに開くことさえできなかった。「君が決めなければいけない」と、しばらくしてようやく言った。

「私はあなたの言うとおりにするわ。あなたは言うだけでいいのよ」

「僕はなんて言ったらいいのかわからない」

「言ってちょうだい、ウーゴ」

「なんて言ったらいいのか、わからない」

するとリータは卑怯な真似はしないで、と大きな声で言った。

ウーゴは目に黒い目隠しをされたような気分だった。身体を反転させ、リータの身体を胸で圧迫したので、リータは背中を壁に押しつけられた。

リータはウーゴの胸に両手を当てて言った。「何か言って、ウーゴ。男でしょ。私のボスになったつもりになって、壊れたエンジンを修理するときみたいに。言ってくれれば、言うとおりにするわ。どうしてほしいの?」

ウーゴは答えられなかった。するとリータは囁くような声で言った。「お産婆さんのところに行ってほしい? だけどそれには、とってもお金がかかるのよ」

ウーゴは思わず「金ならいくらでも必要なだけ借りられる」と言いそうになった。しかしリータの顔を初めてちゃんと見つめたとき、彼女の視線に恐怖が浮かび上がっているのに気づいた。視線が曇り、ウーゴは両腕でリータを抱きしめ、彼女の髪の毛の中に顔を埋めて言った。「だけど、君がそんなひどい目にあうのを、僕が望んでいると思うかい」

リータはウーゴの視線を見つめようとして、後ろにさがろうとした。しかしウーゴは彼女を強く抱きしめたまま言った。「動かないほうがいい。そのほうが暖かいから」

リータはウーゴの首に顔を押し当てて泣いていた。首筋がすぐに熱い涙で濡れ、それから涙はすぐに冷たくなり、ウーゴは恐ろしいほど気が弱くなっていった。

彼女は彼の首筋に顔を押し当てたままで言った。「私は赤ちゃんがほしいわ」

「もちろん君は赤ちゃんを手に入れるんだ。赤ちゃんはいまじゃもう君のものだ。君は赤ちゃんを手に入れるんだ」。そう言いながら、それでも彼はリータの首筋の暗闇の中から出ていくことができず、いつまでも光を目にすることを恐れていた。

リータは少し身を離したが、両手はウーゴの胸を摑んだまま、彼を見つめて口を動かした。ウーゴは体内に熱いものを感じ、冷たい風の流れに立ち向かうことができた。恐れていたのは、その熱がふたたび冷たくなり、体内にもう一度寒さを覚えるようになることだけだった。彼は言った。

「話は決まった。だから君は家にお帰り。君はまるで氷の塊みたいだ」

リータはふたたび怯えにとらわれ、ウーゴの身体に身を寄せ、首のところで囁いた。「家で、私はどうしたらいいの」

彼は少し身を離し、リータが彼の視線を捉えることができるように、彼女の顔を上げさせた。いま彼の視線は固定され堅くなっていたが、彼が望んでいたのはただ彼女が彼の言うとおりに行動するということだった。

そんな視線で彼女を見つめながらウーゴは言った。「家に戻ったら、話すんだ。何もかも、お父さんにも、お母さんにも、君の家のみんなに」

リータはそんなことできないと叫んだが、声はか細かった。

「みんなに言うんだ。今日中に言わなくちゃいけない。今晩僕は君の家に行くから」

「気は確か、ウーゴ？　殺されてしまうわ。殴り殺されちゃうわ」

しかし彼は言った。「みんなに言うかい。みんなに言うって、僕に誓うんだ」。彼女は誓うことができず、歯をがたがたと震わせていた。

ウーゴはリータに言った。「僕はもう行く。だけど四時には、君がすでに何もかも話していると、僕は確信できていなくちゃならない。みんなに言うって約束するんだ」

リータはいつまでも歯を震わせていた。

「君は言わなくちゃいけない。言って、それからなにをされてもじっと耐えるんだ。今晩のことを考えるんだ。僕は今晩君の家に行って、君と結婚するって約束する。勇気を出すんだ。今晩のことを考えて、みんな言うんだ。苦しいのは四時間だけだ。そのあとは僕が君の家に行って、辛いことはみんな僕が引き受ける。リータ、僕は今晩始めるんだ。そして一生続けるんだ」

するとリータは顔を伏せて言った。「どうしたらいいのか、よくわからないけれど、でも言ってみるわ」

「四時までだよ」

ウーゴは身をかがめ、リータを見つめて言った。「怖いんだね。ものすごく。怖がっているね。だけど僕は、君に怖がってほしくないよ。僕は君に、怖がらずに言ってほしい。どんなふうに言うのか、僕に見せてごらん。さあ、言ってごらん」

リータは静かに泣き始めた。

「一緒に行こう」と、彼はリータを促しながら言った。「ふたりで一緒に行こう。そして僕が話すよ」

リータは身をくねらせ、急いで後ずさりした。「あなた、殺されちゃうわ、殴られて」

彼も元に戻り、リータの身体を摑んだ。「殺されやしないよ。殴られるだろう。いままで一度もなかったほど激しく。だけど殺されやしないよ。とにかく君に怖い思いをさせるわけにはいかない」

するとリータは言った。「わかったわ。私が言うわ。四時になったら、みんなもう知っているって思ってね」

リータはゆっくり後ずさりしながら、遠ざかり始めた。

彼はじっと彼女を見つめ、三歩歩くごとに言った。「みんなに言うんだ。怖がるんじゃない。君は怖がっている。怖がっている」

彼は彼女の後を追いかけ、追いつくと彼女を抱きしめた。「君は怖がっている。僕は君に怖がってほしくない。君は僕の妻だ。君が一度でも怖がるなんて、僕は嫌だ。畜生、僕は泣きたいよ。畜生、君の家族を皆殺しにしてしまいたいくらいだ。だって君を怖がらせているんだから」

リータは感情を高ぶらせて、言った。「言うわよ、怖いけれど、だけど私は嬉しいわ。父や母の目の前であなたが私の夫になるんですもの。こんなに幸せなんだから、私だって少しくらい、やるべきことはやらなくちゃ」

ウーゴは言った。「そうだ、ちゃんと言うんだ。僕は八時に君の家に行く。食事は八時には済んでいるんだろ?」

リータは頷いた。ふたりはなかなか手を離すことができなかった。別れまいとして痛いほど手を握り締め、それから引き裂かれるような思いを味わいながらふたりは別れ、反対の方向へ向かって行った。

ウーゴは町中をあちらこちら歩きまわり、四時が鳴るのを待った。目の前に、また目の中にまで、馬具職人と彼のふたりの息子のこぶしが浮かび上がってくる。自分はリータのことだけを考えるべきだと思う。自分がリータの家に行って、辛いことをすべて引き受けるまでに、リータが味わわなければならない苦しみのことを考えるべきではないのか。それでもウーゴは、三人の男のこぶしを目の前から払いのけることができなかった。

ようやく四時になったとき、彼はカフェにいた。タバコを口から外し、人々から視線を上方に逸らし、遠くを見つめた。

それからウーゴは思った。リータの家の男たちは怒り狂い、復讐の念に駆られて仕事を放り投げ、彼の姿を求めて町中を走り回り始めるかもしれない。彼らに見つけられるわけにはいかない。自分はまだ準備ができていない。夜の八時になれば覚悟はできているだろうけれど。

それまでにはまだ四時間あった。ウーゴは川へ行き、暗くなるまで土手の上で思いに沈んでいた。

ウーゴは町に戻り、家に近づいていった。戦争中に、敵がいるのかいないのかわからない住宅地に近づいていったときのような気分だった。廊下を通り、階段を登ってから、父と母以外に家に誰かいないかどうかを確かめようとして耳を澄ました。

家に入ると、食卓はすでに準備されていた。父親は食事を待ちながら、小さな愛犬の背中を撫でている。

「リータに会ったかい?」母親はすぐに訊ねた。

「いや」と彼は答えた。心の準備がまだできていなかった。二十分か三十分後には、僕も話さなければならないだろう、リータと同じように。食事が終わったら話すことにしよう。食事前にそんな話をしたら、もう誰もなにも食べられなくなってしまうだろう。

夕食後、母親がテーブルを片付けようとして立ち上がりかけた瞬間をとらえて、彼は口を切った。話しながら、母親を見つめていた。母親はゆっくりともう一度椅子に腰を下ろそうとしていた。言葉は彼の口からひとつひとつ飛び出してきた。その都度、何かに激しく突き出される必要があるようだった。

父親は最初から視線を下げて、防水加工が施されたテーブルクロスの上に散らばったパン屑を探しているように見えた。

しかし母親は金切り声を上げた。「おまえは気違いだ。気違いだよ。豚と同じだ。やくざ者！」。父親は堪えきれずにテーブルを拳で叩き、妻に向かって叫んだ。「大声を出すな、鬼ばばあ。身内の話を建物中に撒き散らすんじゃない！」

母親は言い返した。「それじゃあなたが言ってよ。ウーゴがなんて卑しい真似をしてしまったか、あなたが言いなさいよ」

しかし父親はそれ以上何も言わなかった。

そこで母親は体中を震わせながら、自分の皿の中を見つめて低い声で言った。「おまえは私たち年寄りのことを考えるべきだったんだよ。子供を作ろうなんて考える前に」

ウーゴは大きな声で言い返した。「考えただって？　僕はそんなことまったく考えてなかったよ。僕だって驚いたんだ。僕にだってとんでもないことだったんだ。マンマは、僕がよく考えた上で子供を作ったとでも思っているのかい」。それから少し声を低くして言った。「僕がリータと結婚して、自分の家族を持つようになったって、マンマやパパと僕の関係は何も変わりゃしないよ」

しかし母親は頭を振り、すっかり気落ちして、むしろ笑い出したほどだった。

「周りに新しい人が現れたら、古い者はすぐに忘れられてしまうよ。新しい家族ができたら、それだけで手一杯になってしまい、おまえは私たちのことなんかもう考えられなくなってしまうよ。そのうち私たちが養老院に入るのが、おまえにとっていいことだと思うようになるだろうさ」

ウーゴは怒鳴り返した。「そんなことを言うな。養老院の話なんかするな。わかってるくせに。僕は殺されたって、パパやマンマを養老院に行かせたりしない」

父親も大声を出した。顔面を真っ赤にして、妻に向かって言った。「おまえにはわしがいるじゃないか。まだおまえに息子がいなかったときから、わしはいたし、息子がどこかに行ってしまってからだって、おまえのそばにわしがいるんだ。わしだって正真正銘の男だ。おまえが欲しがるものくらい、なにひとつ欠かすことなく、おまえに与えてきただろう」

犬は父親のそばを離れてガス台の隅にうずくまり、そこから三人のほうを見つめ、それ以上怖い思いをしないで済むようにと、尻尾を揺り動かしていた。

母親はいつまでも頭を振りつづけ、相変わらず可笑しそうな表情のままだったが、もう何も言おうとはしなかった。

そこでウーゴは立ち上がった。

「どこへ行く?」父親が訊ねた。

「リータの家に行ってくる。みんなが僕を待っている」

父親は不安に駆られて瞬きを繰り返したが、何も言おうとはせず、ただ身体を動かして椅子を軋らせただけだった。

ウーゴは振り返って母親を見つめた。母親は背中を向けていた。少しも動こうとせず、頭も傾げたままだった。

ウーゴは自分の部屋に戻った。

一瞬、父親と母親が何か低い声で話しているのではないかと思い、耳を澄ませてみたが、何も聞こえてはこなかった。鏡の前で髪に櫛を当て、自分の顔を見つめ、それが半時間か一時間後にどんなふうになってしまうかを考えた。それから「おれは男だ」と心に呟き、鏡の前を離れた。

ウーゴは台所に戻った。母親は相変わらず同じような姿勢のまま、少しも動こうとはしなかった。父親は犬の首に手を当てていた。犬は立ち上がって父親の膝に凭れかかっていたが、しかし父親の視線は壁の一点にじっと注がれていた。ウーゴが部屋に戻ってくると、息子の足元のほうに視線を転じた。

ウーゴはため息をつき、部屋を出ようとした。すると父親は犬を脇にどかして立ち上がり、自分の上着に片手を伸ばして言った。「わしも行く」

「冗談じゃない!」と、ウーゴは語気を強めて言った。

父親は帽子のほうに手を伸ばした。

ウーゴは父親に言った。「お父さんに来てもらうわけにはいかない。僕は男だ。責任は全部僕にある。僕は自分ひとりでなんとかする。男らしく」

「わしも行く。おまえがあいつらに何かされるわけにはいかない」

「何もされやしないさ」

「あの家には三人の男がいる。三人とも牡牛のような馬鹿力だ。わしも行く。わしはおまえの父親なんだ」

ウーゴは後ずさりした。「もしパパも来るなら、僕は行かないよ」

すると母親が突然目を覚ましたように顔を上げて言った。「お父さんも行かせてあげなさい」。それから、父親がウーゴの腕をつかんで息子を外へ押し出そうとしたとき、母親はふたたび口を開いた。「そしてあの可哀そうな不幸な娘さんが、家族にひどい目に遭わされたりしないようにするのよ」

ふたりは一緒に外に出た。通りに出るまで、父親はウーゴの腕を摑んでいた。ウーゴは考えた。「僕はひとりであの家に入らなければならない。パパについてこられたりしたら、僕は面目丸つぶれじゃないか。いまのうちにパパをなんとかしなければならない。自分は男だと思うことが、僕は一生できなくなってしまうだろう」

父親はウーゴと一緒に歩き始め、ふたりは兵士のような歩調で氷と敷石の上を歩いていった。

ウーゴは言った。「ひどい寒さだ。パパはもう家に戻った方がいい」

しかし父親は何も言わず、いつまでもウーゴと並んで歩き続けた。

リータの住む建物の角まで来たとき、ウーゴは立ちどまり、正面から父親に顔を向けて言った。

「着いたよ。さあ、パパはカフェ・ジョルスに行くんだ。なにか温かいものを注文して、待っているんだ。僕はあとでパパを迎えにいく」

「わしも中に入る」

「そうはいかないよ。僕は男になるんだ。邪魔しないでほしい」

「わしも一緒に行く。おまえが袋叩きにされるわけにはいかない。一対三だろう。おまえはわしの息子なんだ」

「じゃ僕は行かない。リータを裏切ったほうがまだましだ。わかってほしいんだよ、パパ、僕は男になりたいんだ。息子をこの世に送り出したのは、息子を男にするためじゃなかったのかい。僕がひとりで入ってくるのを見れば、あいつらも僕が怖がっていないということがわかり、結局は僕がそれほど恥ずべき真似をしたわけではないと考えるだろう。わかってくれるね。僕の言うとおりだろう。だからパパはカフェ・ジョルスに行って、僕を待っててくれればいいんだ」

父親は少し考えてから言った。「それじゃひとりで行ってこい。わしは通りでおまえを待っている。ここから先へは行かない。しかしもしもおまえがひとりで三人に殴られるようだったら、わしを呼ぶんだ。さあ、行くがいい。そして男らしいところを見せてやれ」

ウーゴは暗い廊下に入り、少し奥に進んでから父親のほうを振り返った。父親は廊下の敷居の上で立ちどまり、雪と街頭の光を背にして輪郭を浮かび上がらせている。

馬具職人の住いの入り口まで、ウーゴは誰にも気づかれずに爪先立ちで歩き、物音をたてなかった。

ドアはきちんと閉められておらず、室内から黄色い光が外に漏れている。押しただけで簡単に開くだろう。ウーゴは深く息を吸い込んでからドアを押した。

台所は暖かくて明るく、リータの母親がひとりでストーブのそばに腰を下ろし、両手を膝にのせて何か考えているような様子だった。ウーゴはすぐには母親のほうを見なかった。リータの家の様子にしばらく呆然としていた。周囲の壁と天井を見つめ、それから母親のほうに視線を転じた。

ウーゴが見つめたとき、彼女はじっと彼の方を見つめていた。「エミーリオ」と夫の名を呼んだが、声は小さかった。それで充分であるかのように、あるいはなんとか声を出そうとしてもうまく出なかったようでもあった。それから立ち上がり、大声で「エミーリオ」と叫び、急いで、ほとんど走るような足取りになり、家の奥に向かうドアのところに駆けつけ、姿を消した。

「リータは言ったんだ」とウーゴは思い、振り返ると、入ってきたドアの鍵を閉めに行き、それから台所の中央に戻ってきた。両手をどこにどのようにしていたらいいのかわからない。天井のさらに上のほうから、木材が軋むような小さな音が聞こえてきた。リータが自分の部屋に閉じ込められているのだと思い、いまにも低い声で呼びかけそうになった。

そのとき、リータの父親が入ってきた。後ろにふたりの兄弟とさらに後ろに母親を従えている。男たちは三人とも、仕事着の大きな革製の前掛けを身に着けている。

ウーゴは老人に「こんばんは」と挨拶し、ふたりの若者には「やあ、フランチェスコ、やあ、テレージオ」と声をかけた。

誰も返事をしなかった。ふたりの若者は背中を壁に凭せ掛け、両手を太腿に当てていた。

老人が近づいてきた。ウーゴは老人の両手から視線をそらし、とにかくそれだけは見ないようにした。老人の目を見ることはできなかった。そこで口許を見つめていたが、そこは灰色の大きな髭でおおわれており、老人の表情を窺うことはできなかった。老人が目の前に近づいてきたとき、ウーゴは老人の目を見つめた。空中に振り上げられた大きな手は、かろうじて黒い影が目に入っただけだった。拳はウーゴの左顔面に炸裂した。殴られる寸前にウーゴは両目を閉じた。拳は激しい音をたて、閉じられた瞼の裏の暗闇が黄色くなり、ウーゴの体は鉛の詰め込まれた台に固定された操り人形のように揺れ動いたが、床には倒れなかった。「僕は倒れなかった」というのが、心に浮かんできた最初の思いだった。顔面は熱く燃え上がるようだったが、両手は下ろしたままにしていた。

老人は数歩後ろに下がり、他の者たちと同じように彼を見つめていた。しばらく沈黙が続いた。少なくとも、激しい耳鳴りが続いていたウーゴには、そのように思われた。

リータの母親は両手を合わせて胸に押し当て、単調な口調で呟き始めた。「私たちの可哀そうなリータ。私たちの可哀そうなリータ。私たちの可哀そうなリータ。私たちの可哀そうな……」

ウーゴは口を開いた。「リータは死んだわけじゃない。だから、そんなふうに言うことはない」。

一番年下のテレージオはかっとなり、うめき声を上げ、拳をかまえてウーゴに向かって突進してきた。ウーゴは身をかわそうとしなかった。それでもテレージオはうまく殴ることができず、拳は顎をかすめて肩の上を通り過ぎていった。テレージオはふたたび怒りに駆られて唸り声をあげ、身を低くして側面からウーゴの肋骨に強烈な右のパンチを浴びせかけた。

ウーゴは痛みで声を上げそうになったが、息は完全に詰まっていた。ドアの向こうから誰かがノックする音が聞こえてきた。ウーゴはその音に気づき、息を回復させてから言った。「開けることはない。父が来ただけだ」

誰も動こうとしなかった。ドアの向こうで父親はさらに激しくドアを叩いた。

「心配することはない。話し合っている。カフェ・ジョルスで待ってるんだ」。ウーゴは強い口調で言い、父親はもうドアを叩こうとしなかった。

そのときリータの妹が台所に入ってきた。

フランチェスコは「出て行け」と叫び、母親は娘を諭した。「出ていきなさい。そして自分のことを恥じなさい。リータについていったのに、ふたりだけにしてしまったんだから」

娘は出ていく前に、わっと泣き始めて言った。「あんな不潔なことするなんて、思ってなかったのよ」

妹の言葉を聞くと、フランチェスコは顔面いっぱいに怒りの色を浮かべ、意を決してウーゴに近づき、相手をじっと見つめ、顔面を正面から激しく殴りつけた。ウーゴには自分が後ろに飛ばされていくのが感じられ、背中はテーブルの角にぶち当たった。

ウーゴは姿勢を正し、ゆるくなった歯の隙間から息を吸い込んで言った。「みんなの気持ちはよくわかる。しかしもう充分だ。これからは話し合おう。僕がここに来たのは、リータと結婚することを約束するためだ。ここでみんなに言うのはいまが初めてだが、リータには秋から言ってある。いま僕が聞きたいのは、承諾の返事だけだ。そのあとで家に帰らせてほしい」

フランチェスコは言った。「おまえのような男を家に迎えるなんて、おれたちはこれっぽっちも望んでいなかった……」。その口調は父親の発言を促しているようだった。

実際、老人はすぐに口を開いた。「われわれはリータに、まったく違うタイプの夫を考えていた。リータはまったく違う男の嫁になるだけの資格のある娘だと思っていた。しかしリータに関して、われわれは全員間違っていたようだ。こうなってしまった以上、おまえを受け入れるしかない。リータはおまえと結婚するだろう。似合いの夫を手に入れるわけだ」

母親が言った。「もうリータはあんた以外の男と一緒になることはできない。たとえ誰かいい男が現れたって、この私が他の女を探してもらうことにするよ」

「結婚はいつになる?」老人は訊ねた。

「今年の秋だ」

母親は驚き、口に手を当てて言った。「だけど秋には赤ん坊が……。リータはもう赤ん坊を産んでいるわ」

「もっと早くしろ」と老人は命令するように言った。

「今月中だ」とフランチェスコは言った。

ウーゴは否定のしるしに頭を振った。フランチェスコは罵り声をあげ、拳を突き出した。

しかし老人はウーゴに「おまえの考えを聞かせてもらおう」と言った。

「秋に結婚するのは、それまでは結婚することができないからだ。僕はまだ結婚できるような状態にない。だからもしもリータを家に置いておくのが、体面にかかわるとでもいうなら、そう言ってほしい。いまいるところから、とにかくここに連れてきてもらえれば、僕はすぐに母の家にリータを連れていく。リータは僕の家にいることになるだろう。ただ今年の秋までは妻というわけではない。これでどうだろう」

ウーゴがそう言うと、テレージオは声を張り上げて泣き始め、指を口の中に突っ込み、身体を折り曲げて部屋中を動き回り、低い姿勢のまま泣きながら叫んだ。「リータがいなくなるなんて、僕は嫌だ。こんなふうにどこかへ行ってしまうなんて嫌だ。世間がなんだっていうんだ。陰口をたたくやつらなんか、鼻面をへし折ってしまえばいいんだ。リータがこんなふうにいなくなってしまうなんて僕は嫌だ。リータは僕の姉貴なんだ……」。叫ぶのをやめ、泣きやんでからも、いつまでも両目は髪の毛に覆われ、口は開かれたまま、両手は涎だらけで、まるで狂人のようだった。フランチェスコはそばに近づき、大きな手で弟の背中を優しく叩いた。

「リータに会えるだろうか?」少し間をおいてからウーゴは訊ねた。

「駄目だ」と、老人は大きな声を出した。

「リータに会わせないのは、リータをひっぱたいたからか？」ぐらぐらになった歯の隙間から、ウーゴは漏れるような音を出して言った。

テレージオはふたたび呻き声をあげて泣き始めた。「バカヤロー！　おれたちはリータをひっぱたいたりしていない。おれたちは何もしなかった。指一本動かすこともできなかった。話を聞いた瞬間、体中の血管から血がなくなってしまったんだ」。テレージオは唸り声を上げ、さらにもう一度唸り声を上げそうになったができなかった。母親がそばに駆け寄り、胸に抱きしめて口を塞いでしまったからだった。

老人が言った。「わしらが決めたことは仕方なしに決めたことだ。決めたからと言って、おまえはいつでもうちに来たいときに来れるなんて思うんじゃない。リータに会えるのは週に一度、休日だけだ。場所はこの家の中、母親の同席のもとで、一時間を越えてはならない」

ウーゴは頷いた。

外では父親が待っていた。ウーゴが街頭の光の輪の中から出る前に、そばに近づこうと急いでやってきた。息子の顔を確認したかったのだ。

ウーゴは声を上げずに笑い、立ちどまらずに、父親を光の輪から外に押し出した。

「お父さん」

「なんだ」

「リータはうちの嫁になったよ」

11　死の匂い

片方の手の指先で反対側の手の甲を長いあいだ強く擦り続け、それから皮膚の匂いを嗅いでみる。するとそのとき漂ってくるのは死の匂いである。

そのことをカルロは子供のころから聞いていた。おそらく中庭で交わされていた母親と近所の女たちとのお喋りから聞こえていたのだろう。あるいはもっとありそうなことだが、夏の夜の少年たちの集いの場で教えられたのかもしれない。少年たちの生活が最後の遊びの時期から最初の仕事の時期へと移り変わっていくころ、そんな集いの場で少年たちは少し年長の仲間たちから人生一般について、とりわけ男と女の関係について、多くのことを学ぶのである。

まさにその匂いを嗅いだのは、ある年の夏の夜、すでに成年に達してからだった。そしてその匂いが本当に死の匂いであるということは、事実が証明したとおりであった。

その日の夕暮れ時、カルロはサン・ラッザーロ病院通りの端に立ち、駅のすぐ横の踏切を目の前にしていた。T……行きの最終列車が出発し、夕暮れ時の群青色の空に黒い煙が流れ、擦れあう鋼鉄と石炭の快い匂いがあたりに漂い、列車の窓からは家庭の窓からもれてくるような静かで優しい黄色い光が流れ出ている。「八時十五分だ」と彼は思い、踏切を上げようとしてクランクを回している駅の職員を苛々しながら見つめていた。
角のところに背を凭せ掛けていた家の中で、声の響きから自分の母親くらいの年ごろと思われる女が、まだ若かったころの歌を歌い始めた。

お母さん、百リラおくれ
アメリカに行きたいんだ……

「僕だってアメリカに行きたいし、特にハリウッドなら最高だな。だけど今晩じゃない。今晩は自分の国で女とやるんだ」。カルロはそう思い、両手を握りしめ、拳をズボンのポケットに突っ込んだ。
カルロは十八歳のガールフレンドを待って、牧草地のほうへ連れていくつもりだった。ところでいまここでは、そんなカルロの願いとか、駅の時計の針が明るい文字盤の上でどんなふうに進んでいったかとか、その挙句にガールフレンドは結局現れなかった、などということについて、あれこれと語ることはないだろう。ただどうしても言っておかなければならないのは、そのころの厳しい生活の中で、彼女の肉体はカルロのただひとつの富だったのであり、もしも彼女が今晩現れなかったならば、次に彼女と会えるときまで、彼は緊張と服従の一週間をさらにもう一回繰り返さなければならなかったということである。

そんなわけでカルロは、彼女がやってくるいつもの時間が過ぎてもその場を離れる気になれず、希望をすべて捨てさることもできず、いつまでも待っていれば彼女が現れないはずはないと、ちょうどおまじないかなにかを信じているかのようにその場に立ち尽くしていた。しかしそれから八時四十分になり、周囲を見回してみると、公園のベンチに座っていた老人たちの姿も、暗がりの中に半ば埋もれかけてしまっている。ただ彼らが吸っている葉巻の先端が、それぞれ赤い光を自分のほうに向けているだけである。そして先ほど歌を歌っていた女(カルロにはそれが確かに先ほど歌を歌っていた女であると思われたのだが)は、いまバルコニーに姿を現し、下のほうに顔を向け、彼の頭の上に視線を投げかけている。

町中の鐘楼から九時を告げる鐘の音が耳の中に飛び込んできた。仕方なしに町の中心のほうへ歩き始める。そこでは他の若者たちが広場を歩き回ったり、カフェにたむろしたりしている。おそらく心の中から女たちの面影を追い払おうとしているのだろう、ちょうど鼻先からハエを追い払うかのように。

歩きながら、数歩進むたびに後ろを振り返り、道の角のところを何度も見つめ返す。

二、三のとても若いカップルとすれ違った。彼らはまだ可愛らしい酔っぱらいのように、路上をジグザグに歩き、街灯の光の届かない暗がりに入ったり、そこから出てきたりを繰り返し、そのたびに抱き合ったり離れたりしている。カルロは女を連れたそんな若者たちを羨ましく思ったが、すぐにこうも考えた。「彼女さえ来てくれたら、僕らがやろうと思っていることを、あいつらにできるかどうかはなんとも言えまい。もしそれができないんだったら、羨むことなんかなにもない」

カルロは道を逸れて公園の水道のほうへ水を飲みにいった。がぶ飲みしてから顔を上げ、最後にもう一度、道の角のところに視線を向けた。するとちょうど彼女と同じくらい背の高い若い娘の姿が視界に飛び込んできた。そのころの流行色だったカナリア色の上着を着ている。彼女も同じような上着を持っていた。娘は急ぎ足で踏切のほうに向かっている。

一瞬にしてカルロは水飲み場を離れ、娘に向かってながながと口笛を吹きならしながら、公園の小道を全速力で走り始めた。老人たちは砂利の上に気持ちよく伸ばしていた足を慌ててベンチの下に引っ込め、カルロは彼らの目の前をもう一度口笛を吹きながら走って行った。

娘は後ろを振り返ろうとも、歩みを緩めようともしなかった。カルロはさらに速く走り、最後の到着列車のために踏切を降ろそうとしていた駅の職員にもう少しでぶつかるところだった。線路を横切り、娘のすぐ後ろにまで追いついた。

娘は相変わらずぎこちない足取りのまま、急ぎ足で歩き続け、ガス工場の横を通り過ぎようとしていた。カルロは立ちどまった。というのも、このときはすでにその娘が自分のガールフレンドではなく、ほぼ同じような身体つきで同じような上着を着ている他の女であるということがわかっていたからである。しかしそのことがわかったときは、すでに三回目の口笛が口から飛び出していた。娘は口笛を耳にし、立ちどまることなく肩越しに後ろを振り返った。彼女の後ろでカルロは両腕をだらりと両脇に垂らし、通りの真ん中に立っていた。娘はふたたび前を向き、さらに足取りを速め、通りの奥の暗がりのほうへと向かって行った。

カルロは息を弾ませていた。そのせいで、身をかがめて踏切をくぐっていくところを鉄道職員に目撃されていた男が背後に近づき、自分に襲いかかろうとしていることに気がつかなかった。もっとも男は背後からカルロの不意を突こうとしたわけではなく、彼の周りを半周して目の前に立ち、何も言わずに骨ばった指でカルロの上腕二頭筋をわしづかみにした。

このとき、カルロはその男がアッティーリオといい、兵士としてギリシャに行き、それからドイツで捕虜になっていたということを知っていただけだった。噂では、帰国したとき、結核にかかっていたという。

カルロも応戦して男の腕をわしづかみにし、ふたりは格闘を開始した。アッティーリオの肩越しに一瞬若い娘の姿が目に入った。なんとか身を隠そうとして建物の小さな入り口の角に身を潜めているが、黄色いジャケットの端が見えている。

アッティーリオはカルロに飛びかかってはきたが、カルロの顔を直視しようとはせず、逆に頭を下げてカルロの胸に押し当て、ちょうどブラシをかけるようにカルロの顎に髪の毛を擦りつけていた。アッティーリオはカルロの腕の筋肉を締めつけ、カルロも同じようにやり返していたが、それでも口を開いて「いったいどうしたんだ」と叫ぶことはできなかった。なぜならば、このときカルロは死の匂いを嗅ぎ、しかもその匂いが汚らしい白い煙のように、自分の鼻の穴の中に入ってくるのを、目にしたようにさえ思ったからである。それは紛れもなく、この話の冒頭で説明したやり方で、たとえわずかにではあっても作り出すことができる死の匂いだった。そのせいでカルロは口を固く閉ざしていた。それでも極度の興奮状態のため、もはや鼻から充分な空気を吸い込むことができなくなってしまったので、骨が軋むほどの力を込めて首を捻じ曲げていた。そのようなとき、カルロの視線の先では鉄道職員がふたりのほうを見ていたが、喧嘩の仲裁に入ろうとする素振りはまったく見せなかった。ふたりが争っていることを職員はどうして知ることができただろう。ふたりの様子は互いを支えあっている酔っぱらい同然だったのである。しかし職員の想像を超えていたのは、ふたりが互いの筋肉をどれほど激しく締めつけあっているかということだった。カルロにはアッティーリオの腕がびっくりするほど肉を失っているように思われたが、それでもカルロに締めつけられながら、依然として抵抗を続け、ぐちゃぐちゃに壊されずにいるということが不思議だった。もっともアッティーリオも恐ろしいほどの力でカルロの腕を締めつけていた。もしも死の匂いを呑み込まずにいるためでさえなかったら、カルロは苦痛のあまり大声を上げていただろう。

このときカルロはすでに、アッティーリオがどうしてこんなふうに自分に飛びかかってきたのかということを理解していた。不思議だったのは、それが全く馬鹿げたことであるとも愚かしいことであるとも思われなかったことである。死に物狂いで自分の腕を握りつぶそうとしているアッティーリオの気持ちをカルロは理解していた。

アッティーリオはこのときはすでに顔を上げ、頭部を後ろにのけぞらせていた。瞼は固く閉じられ、突き出た頬骨は蠟を塗られたように白く光り、口は大きく開かれたまま、死の匂いを吐き続けている。カルロも両眼を閉じた。相手の開かれた口をいつまでも目にしていることなど、到底耐えられることではなかった。かろうじて気を使っていたのは、両足で路上をしっかりと踏みしめ、相手の腕を握りしめている力を少しも緩めないことだけだった。

駅のブザーがながながと音を響かせていたが、カルロはアッティーリオの心臓の鼓動をはっきりと聞き分けることができた。その心臓はまるで砲弾のようにカルロに襲いかかって胸郭を打ち破ろうとしているかのように、カルロの胸に衝撃を与え続けていた。

もうお終いにしようとカルロは心に決めた。鼻孔、口、毛穴をとおして、死の匂いはいまでは体内のいたるところに感じられた。匂いの元である死の力そのものと同じように、押しとどめることなど不可能だった。すでに脳みそも冒されているに違いなかった。自分が狂人のように思われてならなかったからである。カルロは片足を上げて前方に伸ばし、足払いを掛け、相手を倒してごつごつした路上の敷石に背骨をぶつけさせようとした。まさにそのとき、アッティーリオの頭は少しずつ下がり始め、カルロの臍の下にまで達し、両腕も力を失ってカルロの腕に沿ってすべり落ち、いまでは手首を握っているに過ぎなかった。それからアッティーリオは、ムウウー、ムウウーと苦しげに息を吐き、カルロの手首から手を離し、カルロに押されたわけでもないのに路上に座り込んでしまった。それからのけぞらせた頭の重みで後方に倒れ、背中を舗石に押しつけた状態で横になった。

カルロは、アッティーリオの身体を起こして、ガス製造工場の壁に凭せ掛けて座らせようという気にはなれなかった。あの匂いをもう一度嗅ぐことなど論外だった。アッティーリオが完全に路上に横たわってしまったとき、カルロは相手の気持ちを理解していたことを忘れ、思わず口を開いて「一体全体、どうしたっていうんだ」と怒鳴りつけそうになった。それでもその寸前になって、自分が相手を理解していたことを思い出して口を閉ざした。

橋の上を通過するときの響きから、列車はすぐ近くにまで接近しているようだった。カルロは通りを見下ろし、娘を見つけ出そうとした。娘は身を潜めていた小さな入り口を離れ、通りの中央に立ち、黒と白のぼろの塊のように舗石の上に転がっていたアッティーリオを遠くから見つめていた。それから極端に緩慢で用心深い足取りで、ふたりのほうへ坂を上ってきた。

カルロはそのまま立ち去っても構わないはずだった。アッティーリオに背を向け、踏切のほうへ向かっていった。例の職員は列車が近づいてくる方角を向いて線路に視線を向けている。それでも職員の目が極端な横目になって自分を見つめていることにカルロは気づいた。職員はカルロに何も言わなかったが、本当は大声を出さなければならないはずだった。目の前を列車が通り過ぎ、カルロの顔面に激しい光の雨を浴びせかけた。窓際にいてそのときの彼の表情を目にした乗客たちは、はたしてどんなことを考えただろうか。

カルロはその場を離れ、胸の前で腕を交差させ、依然として鉄の輪で締めつけられているかのように、激しい痛みを訴えている両腕の筋肉を撫でさすった。目の前にアッティーリオの皮膚が蒼白く浮かび上がって悪臭を放っている。自分がこの格闘以前の元通りの自分に戻ることができるとはとうてい思われない。彼は明るいところを避けて歩き続けた。瞼も口も膝も震えている。神経のせいだろう。しかし、自分がこれから先、神経症的な疾患に見舞われることがありうるとも思われなかった。なぜならば、アッティーリオのやせ細った腕を握りしめたことで、自分で自分の神経をずたずたにしてしまったような気がしてならなかったからである。

依然として目の前からはあの白い肌が消えていかなかった。それを追い払おうとして気持ちを集中し、空白の空間になんとかガールフレンドの肉体を思い描こうと努めてみる。大きな歓びの源である健康的な美しい裸体である。しかしどうしても思うようにならない。恋人の肉体はいつまでも茫漠とした白い雲のようであり、それがアッティーリオの皮膚に重なりあい、あの病的な皮膚をさらに広げているに過ぎない。

カルロは駅のカフェに行ったが、中には入らず、入り口からウェーターに合図し、コニャックを注文した。薬用コニャックがいいのだが、もしあるなら。

コニャックが運ばれるのを待っていると、公園の小道から黄色い上着姿の女が現れた。アッティーリオのガールフレンドである。さっきよりさらにゆっくりとした足取りで、カルロに気がつくと一瞬立ち止まり、何かを考えている様子だったが、それから視線を地面に向けたまま、おそるおそるそばに近づいてきた。そのためカルロは娘の身体をじっくりと観察することができた。ありふれた肉体かもしれない、それでも健康な男のものにしかなる気はない、と言っているような気がする。

娘はすぐそばまで来て、青い瞳でカルロを見つめ、愛想のない声で言った。「あの人を殴らないでくれて良かったわ」

「コニャック！」と後ろからウェーターの声が聞こえてきた。カルロは振り向かなかった。屋外のテーブルの上にソーサーの置かれる音がする。

娘は言葉を続けた。「もうわかっているのよね。なにもかも」

カルロは言った。「君もわかってるんだろ。僕が勘違いして、君のことを他の女だと思ったってことは。悲しいことに、彼にはそれがわからなかったようだが」

娘は手を振り合わせ、視線を落として横を向いた。カルロは続けて言った。「あのさ、失礼かもしれないけど、彼はどうして君を横取りしようとする男がいるなんて思ったんだろう」

「だって、いるからよ」

「それって……、健康な？」

「そう、健康な人。もっともだと思わない？　だってあの人は、私が昔のままでいてほしいと思ってるんだけど、あの人のほうがもう昔のあの人じゃないんだもの。私の両親だって、もうあの人とのことは望んでいないわ」

「彼はいまどうしている？　家に連れていったのかい」

「ええ、だけど容態は最悪よ」と娘は言った。「発作を起こしてしまったの。私はあの人のお母さんに、急いで医者を呼んできてくれるようにって頼まれたんだけど」。しかしカルロの目にも、娘が夜の人出でごった返している通りを走っていくようなタイプの女でないことは明らかだった。

娘は尋ねた。「マンゾーネ先生はどこに住んでいるの？　カヴール通りじゃなかったかしら」

「そうだよ、カヴール通りに入ってすぐさ」

娘は一歩後ろに下がった。カルロにお礼も済ませて、向こうをむこうとしている。そのときカルロは恐ろしい好奇心にとらわれた。手を伸ばして、もう少しで彼女を引きとめて尋ねるところだった。「あなたは彼のそばにいて、これまでもよく近くにいたわけでしょう。ところで気づきませんでしたか。彼の身体から匂ってくるのを、あの……の匂いが？」。しかし伸ばしかけた手を下ろして、カルロはただ「さようなら」と言っただけだった。娘はゆっくりと遠ざかっていった。

カルロはコニャックを飲んで家に戻った。家で裸になり、蛇口から直接水を浴びて身体中を洗いまくった。力いっぱいいつまでも洗い続けていたので、しまいには母親も目を覚まし、寝室から大きな声で、高価な石鹸をそんなに使うもんじゃありませんよ、と叫んだほどだった。

夜、カルロはアッティーリオと格闘したときの夢を見た。朝には職業安定所で、アッティーリオが入院し、感染症病棟に収容されたという話を聞いた。

「ドイツにいたやつさ」とカルロと同様、職のない男が言った。

「誰の話だ」とそのときやってきた男が言った。「そのアッティーリオとかいうのは、いったい誰なんだ。おまえは知っているのか」男はカルロに訊ねた。

「僕がかい？　僕はその男の死の匂いを嗅いだことがあるよ」とカルロは答えた。男は頭を少しのけぞらせて、カルロの顔をまじまじと見つめたが、それから後ろを振り返って、点呼を開始していた職業安定所の職員に「はい！」と答えなければならなかった。

アッティーリオと格闘したときの夢を、カルロは二十日後の夜にふたたび見た。朝になって相変わらず職業安定所に向かっていたとき、カルロは台所用のマッチに火をつけようとして通りの壁のほうを振り返った。蠟マッチを買うだけの金がなかったのである。そのときカルロは、葬儀用のポスターにアッティーリオの名前が大きく黒い文字で記されているのを目にした。

12 雨と花嫁

子供時代の全期間をつうじて、その日の目覚めは最悪であった。伯母が屋根裏部屋に上がってきて私を起こしたとき、私はまだほんの一瞬前に目を閉じたような気分だった。誕生日の朝でもなく、楽しい旅行が約束されているわけでもない子供にとって、これほど不愉快な目覚めはない。土砂降りの雨が屋根と近くの木々の葉にあたって激しい音を立てていた。部屋の中はまだ早朝の薄暗さである。

階下では従兄が、司祭たちが黒い服の下に着ている滑稽な衣装を身に着け、その上に法衣を纏ってボタンをかけているところだった。従兄の表情は絵に描いたような仏頂面だったので、いまでも憎々しいほどの嫌悪を考えるとき、私の心に真っ先に浮かんでくるのはこのときの従兄の表情である。伯母は玄関の敷居のところで腰に両手をあてて、外部の様子を観察し、上空と地上を交互に見つめていた。私も半分裸のまま伯母の後ろにいき、外の様子に目をやった。地上では茶色い水が玄関の階段の一段目の上にまで流れている。上空では雨の向こうに黒い雲が膨れ上がり、あたかも正面の丘の尾根の木々に係留された気球のような姿を見せている。私が両手で肩を抱きながら家の奥に戻ると、伯母はそばにきて服を着るのをてきぱきとした仕草で助けてくれた。伯母が私に顔を洗わせなかったことを私はいまでも覚えている。

従兄の司祭はこのとき、帽子を両手ではさんでくるくると回しながら、家の外に素早い視線を走らせていた。そんなふうに外部の様子を気にかけているところを母親に見つけられるのを恐れているような様子である。しかし伯母はそんな息子の様子に気がつき、私が決して忘れることができないいつもの声音で言った。「さっさと帽子をかぶりなさい。出かけるんですよ。少しばかりの雨だからといって、私が婚礼のご馳走をあきらめるとでも思っているのかい」

「お母さん、これは少しばかりの雨なんてもんじゃないよ。空がいちどきに降らせることができる最大量の雨水が落ちてきているんだ。婚礼披露宴の食卓に着いているあいだに、雨水が家に入ってきて、なにもかも滅茶滅茶にしてしまったらどうするんだよ」

伯母は「ドアをしっかり閉めておきましょう」と言った。

「お母さん、ドアなんか閉めたって水にはなんの意味もないよ」

「私が恐れているのは水じゃありませんよ。ドアをしっかり閉めておくのは水が怖いからじゃなくて、ジプシーが怖いからです。ジプシーたちは馬と一緒に教会のアーケードの下に陣取っているでしょう。それにジプシーじゃなくたって、キリスト教徒にだって悪い人はいますからね」

そう言われて、従兄の司祭は両手で黒い帽子を頭にのせた。従兄でさえこのときも母親である私の伯母を言い負かすことはできなかった。伯母は生前(というのも彼女は数年前からサン・ベネデットの墓地に眠っているからである。もっとも私は少しも記憶に頼ることなく、地下に眠っている伯母のきつく唇を閉ざした表情をいつでも脳裡に思い浮かべることができる）、髪の毛も目の色も服装もすべて黒ずくめで、非常に小柄な女性だった。しかし他人を屈服させる性格の強さにおいて、また自分の考えには他の人のいかなる考えにもまして大きな価値があるという揺るぎない信念においても、私は伯母に匹敵する女性にいまだかつてお目にかかったことがない。考えてもいただきたい。当時まだ七歳の子供に過ぎなかった私でさえ、子供なら誰でも大人に大目に見てもらえる権利があり、しかもそのような権利は少しも罰せられることなくほとんどいつも大いに利用していいはずのものであるという思いを、伯母に対してはたちまちなくしてしまっていたのである。それでも私は、伯母のことをまだよく知らなかったために言いつけに背くことを恐れていなかった初めてのころでさえ、彼女に叩かれたことは決してなかったということを言っておかねばならないだろう。それに反して伯母の息子の司祭は何度か私を叩き、私に本当に痛い思いをさせたものである。

私たちは傘を持っていなかった。傘は村中でもおそらくひとつくらいしかなかっただろう。伯母は私の手首を摑み、玄関先の階段の下まで連れていったので、私は足首まで泥水につかってしまった。伯母は私をその場に残し、ドアをしっかりと閉めにふたたび階段を上っていった。激しい雨に打たれて私は頭を垂れた。大量の雨水が両足のあいだを恐ろしい速さで流れ過ぎていく。そのせいで私は眩暈を覚えた。私は階段の上にいた従兄に視線を投げかけ、身体を支えてもらおうと思って手を伸ばした。しかし従兄は一瞬、なにか恐ろしいものを目にしたような視線でじっと私の手を見つめ、それから不意にわれに返ったように、法衣の裾をかろうじて水に触れないように片手で持ち上げながら、もう一方の手で私を支えようとした。しかしそれよりも先に、伯母は階段を下りてふたたび私の手を摑んでいた。それから司祭も私の手首を摑み、こうして私はふたりの大人に引っ張られていくことになった。ふたりはときどき力を合わせて私を持ち上げていたので、私は少しのあいだ水の上を運ばれていったが、このことが私にはまったく理解不能であった。というのも、その後で水のないところに降ろしてくれるならともかく、私はいつももう一度雨水の中に降ろされていたからであり、そのたびに私はますます多くの泥水をますます高く跳ねあげて、ふたりの黒い衣装を泥だらけにしていたからである。

従兄は私の頭越しに母親に言った。「この子は家に置いてきたほうがよかったんじゃないか」「なぜだい？　私はこの子を喜ばせようと思って連れてきたんだよ。雨の中を連れ出されたからって、この子だって私のことを恨むことはない。だって私はこの子を楽しませようと思って披露宴に連れて行くんだから。それに披露宴の食事は、都会の子だからといって、この子に気に入らないはずはないよ」。そう言って伯母は私に訊ねた。「いくら雨だからって、おまえだって披露宴に行けるのは嬉しいだろ」。私は伯母の言葉に同意して頷いた。

さらに先まで進んだとき、雨はますます激しさを増していたが、しかし私たちと私たちの衣服に、それまで以上の被害を及ぼすことなどもはや不可能だった。私は私たちを披露宴に招いてくれた花嫁の家がどこにあるのか、おそるおそる伯母に訊ねた。「カディルー」と伯母はそっけなく答えた。私にはこの見知らぬ土地の名前が非常に野蛮に思われたので、その後どれほど野蛮な響きのする土地の名前を耳にしたときでも、このときほど野蛮な感じに襲われた覚えはなかった。

それから伯母は「森を通っていきましょう」と言った。

最初の稲妻が閃き、直後になんの前触れもなく雷鳴が炸裂し、私たち三人は突然の戦闘行為を目の当たりにしたかのように歩みを止めた。「ちょうど僕たちの真上だ」と司祭の従兄は言い、顎を強く胸に引いてふたたび歩きだした。

森のはずれから平野を見下ろしてみると、川が氾濫し、まるで籠の縁を乗り越えてくるヘビの群れのように、水が土手を越えて流れ出ていた。それを見て従兄は深いため息をつき、伯母は反射的に顔を上げて息子のほうを見つめたが、それでも何も言わず、そのかわり私の手首を強く引っ張った。

頭上では稲光がますます頻繁に走り、その電光の中を私たちは光に照らされた滑りやすい細道を懸命になって進んでいった。まだ子供ではあったが、私は木の下に避難していたり歩いていたりする人にとって、雷はより一層危険であるということを父親が話しているのを聞いて知っていた。そんなわけで稲妻が走るたびに私は震え始め、そのうち震えは四六時中止まらなくなり、伯母と従兄は握り続けていた私の手首をとおして、そのことに気づいていないはずはなかった。

雷鳴がひとつ轟いた後で、伯母は息子に命じて言った。「さあ、お天気が良くなるようなお祈りをしなさい。私たちの頭の上から雷を遠ざけてくれるようなお祈りをね」

母親に答えて従兄の司祭が「だけどいったいなんの役に立つんだ、お祈りなんか！」と叫んだとき、私は思わず震え上がった。従兄はそれから私たちから逃れ去っていくように小道を駆け上り始めた。

「なんだって、おまえ！」と伯母は叫んで立ち止まり、私も立ち止まらされた。「いまこそ間違いなく、雷は私たちの上に落ちるでしょう。私はここで待つことにするわ。見ていなさい。おまえのせいで……」

「ノーオーオー！　お母さん、わかったよ、お祈りするよ！」と従兄は大きな声を上げ、私たちに向かって坂を走り下りてきた。「心を込めて、一生懸命お祈りするよ。だからそのときは、お母さんも心を込めて、力いっぱい助けておくれよ。だけど、僕は……」と従兄は口ごもった。「なんのお祈りをしたらいいのかわからない。こんなとき……どんなお祈りがいいのか……」

伯母は目を閉じ、上空を向いて顔に雨を受けながら、自分自身に話しかけるような低い声で言った。「神様が私を罰してくださいますように。私を地獄に送ってくださいますように。私は息子を神様にお仕えさせたいなどと大それた願いを抱いたのですから。私が神様に捧げた息子は恥ずかしい不信心者で、お祈りを信じてもいなければ、どんなお祈りをしたらいいのかということさえわからないのですから」。それから息子に向かって「祈願祭のお祈りを、どこでもいいから唱えなさい」と命じ、私の手を引いて歩き出した。

従兄は両手を合わせ、大きな声でラテン語の祈りを唱えながら後についてきた。しかしこの私でさえ、従兄の祈りが天に通じるとは思えなかった。従兄の声はただただ恐れにあふれ、しかもその恐れはただひたすらに母親に対する恐れでしかなかったからである。終いには伯母も息子に向かってこう言った。「雷が私たちの上に落ちてこなかったのは、私たちふたりのあいだに罪もないこの子がいるってことを、神様が天上から見ていてくださったからだよ」。そう言われて司祭は頭を垂れ、合わせていた手をほどき、両腕をだらりと両脇に垂らした。

私たちは森を出て高原地帯に向かっていたが、私の心は一向に軽くなっていなかった。目の前の高原はたとえ太陽の降り注ぐ昼間でさえ、悪意にみちた恐ろしい姿を見せていたからである。少し前から伯母は私の頭を繰り返し見つめるようになっていたので、私は頻繁に注がれてくる伯母の視線を感じ、自分の頭がちくちくと痛みを覚えているような気がしてならなかった。私はこらえきれなくなり、顔を上げて伯母の顔を見つめた。伯母の視線はずぶぬれになっていた私の髪の毛を見つめ、同時に彼女の手はそっと私の頭を撫でてくれた。このときの彼女の手は、母親の手がいつもそうであったように、大きく広げられて柔らかく、また彼女のまなざしも私に対して驚くほど優しく思われ、目の色もそれほど黒くは見えなかった。そのせいで私は自分の内部に少し熱いものがこみあげてくるのを覚え、それとともに泣きたくなってしまった。私は大人のように声を上げずに少し泣いた。しゃくりあげないように気をつけるだけで充分だった。それ以外のことは、雨水が私の顔を洗い流してくれていたからである。

伯母は息子の司祭に言った。「帽子を脱いで、この可哀そうな子に渡しなさい。おまえが上手に被せてあげるんですよ」

従兄は明らかに不満げだったし、私もそんなことは望んでいなかったが、伯母はさらに言葉を重ねて言った。「おまえの帽子をこの子に被せてあげなさい。この子の頭はまだおまえの頭ほど丈夫じゃないんだから、雨水が脳みそに染み込んでしまうんじゃないかって心配なのよ」。伯母がまだ言葉を終えないうちから、私の目の前は真っ暗になった。帽子が耳まで被さってきたからであり、それは帽子が大き過ぎたせいでもあったが、司祭の意地悪な被せかたのせいでもあった。私は帽子を額まで持ち上げ、こっそりと従兄の顔色を窺った。従兄は雨のせいですぐに乱れてしまう髪の毛をいつまでも整えようとしていた。剃髪されて髪の毛がなくなっていたところで、雨水はとりわけ不快に感じられている様子だった。従兄はそこに手を当て、そこから手を動かそうとしていなかったからである。

従兄は言った。「見たところ道には僕たちしかいないようだ。向こうに着いてみたら、こんな雨の中を宴会にやってきたのは僕たちだけだった、なんてことじゃなければいいけどね。司祭と司祭の母親はあまりにも飢えていたんで、豪雨をものともせずにやってきたなんて、花嫁の家族に言いふらされたりしたらたまったもんじゃない」

しかし伯母は冷静だった。「この通りに私たちしか見当たらないのは、村の住民で招待されたのが私たちだけだったからですよ。他の人たちはみんな丘の上の家からカディルーにやってくるんだから。おまえはお食事を祝福しなければならないことを忘れてはいけませんよ」

弱まっていく稲光に何回か気づいたのは、司祭の帽子の黒いつばの下で真っ先に煌めいた黄色い反映によってだったが、そのころには稲光はすでに遠ざかり、それに続く雷鳴も大空の腹鳴りのようなものだった。もっとも雨だけはいつまでも激しかった。

それから伯母は「着いたわ、カディルーよ」と言い、私は目を上げて、帽子を持ち上げた。目に飛び込んできたのは、草木のない広々とした丘の上に建つただ一軒の家だった。低くいびつな石の家だが、石は荒々しい天候のせいで黒ずんでいる。屋根のスレートには高原地帯の強風に飛ばされないように石がいくつも置かれている。家の一角は古い火災によって完全に破壊され、窓はひとつしかない。窓からは飼葉がぶら下がっている。このようなところから花嫁を迎えようとしているのはどんな男だろうか。このような石の壁に囲まれて提供される披露宴の食事とはどんなものだろうか。

私たちが近づいていくと、入り口にひとりの女の子が姿を現した。誰が来たのかよく確かめて、奥に伝えようとしているようである。女の子は雨の当らないところにいたが、都会的な服装の少年が頭に司祭の帽子を被ってやってきたのを目にすると、突然大きな声で笑いだした。カディルーの女の子に笑われて私が覚えた恥ずかしさは、私が生まれて初めて体験した最も焼けつくような恥ずかしさであった。私は頭から帽子をはぎ取り、赤くなった顔を完全に露わにしてしまうことも顧みずに、帽子を乱暴に従兄に返した。

雨と花嫁。ある日のこと、私の記憶によみがえってきたのはそれ以外の何ものでもない。いまではかなり以前のことになってしまったその日、私はすっかり動顚していた人の声をつうじて知ったのである。司祭によって平野部の教会に配属され、母親がついてくることができなくなったとき、ひとたびひとりになって母親の目を逃れることができた従兄は、さっさと還俗してしまったということを。高原でそのことを知った伯母は怒り心頭に発し、そのあまりすぐに命を失ってしまったという。

訳者後記

ベッペ・フェノーリオは一九二二年三月一日、アルバ市に生まれ、一九六三年二月一八日の夜、トリーノ市で死去した。死因は気管支癌で、あと十日ほどで四十一歳という若さだった。

生前には一九五二年六月に『アルバの二十三日』、一九五四年八月に『逆境』、一九五九年四月に『麗しの春』の三冊が出版されており、それゆえ『アルバの二十三日』は三十歳の年に発表されたフェノーリオの処女作ということになる。もっともこの処女作は十二篇の短篇からなる作品集なので、それぞれの作品の発表形式や年代についてはかなりのばらつきが見られる。なかでももっとも劇的な紆余曲折を辿ったのは、『エットレが仕事に行く』と『十月十日（とつきとおか）』のケースかもしれない。一九五〇年にエイナウディ出版に持ち込まれた最初の小説『土曜日の支払い』は、カルヴィーノの好意的な反応を得ることはできたものの、文学に対するアメリカ映画の影響を嫌うヴィットリーニの反感を買い、結局は上記ふたつの別々の作品に分けられてこの短篇集に収められることになった。このふたつの短篇をも含めて全体が『土曜日の支払い』の名のもとに出版されたのは、一九六九年、作者の死後六年を経てからのことである。

生前には三冊の作品しか発表することのできなかったフェノーリオであるが、死後になって膨大な量の遺稿、草稿の類が発見されている。多くの作品が出版されずに終わってしまったことについては、様々な理由が考えられるだろうが、なかでも最大のものは、文体に対する作者の極端なこだわりにあったような気がする。草稿の段階からフェノーリオの文章はかなり意識的なものであったと思われるが、それが決定稿の段階にいたっては、さらに極めて意識的な操作が加えられ、しかもそれが結果的に極めて自然な外観を呈するように、膨大な量の時間とエネルギーが傾けられているような気がしてならない。そんな作者の努力の結実を翻訳という形で再現することはおよそ不可能なのは心苦しいかぎりであるが、フェノーリオの文章の魅力を真に味わいたいと思われる読者には、是非ともイタリア語で読んでみてください、と申し上げるほかはない。

内容的には、十二篇の短篇のうち、最初の六篇は直接パルチザンの活動をテーマとし、他の六篇は作者の誕生と成長の地であるピエモンテ州のランゲ高原地帯に生きる人々の様々な生活の一コマ一コマを切り取ったものである。話自体はどれも単純なものばかりで、特別に説明の必要はないと思われるが、ただ第二次世界大戦末期のイタリアの政治的・軍事的情勢に関しては一言触れておいた方がいいかもしれない。というのも、一言でパルチザンといっても、イタリアには主に二種類の（実際にはもう少し多くの）パルチザン勢力が存在していたからである。イタリアでは一九四三年七月二十四～二十五日のファシズム大評議会でムッソリーニが首相を解任され、二十五日には逮捕され、翌二六日はバドーリオ軍事政権が成立した。この段階でイタリアは、それまで枢軸側同盟軍として存在していたドイツ軍がたちまちにして占領軍に変わってしまうという不安定な政治的・軍事的情勢に突入していった。それがさらに決定的になったのは、一九四三年九月三日にイタリアが連合軍と休戦協定を締結し、この休戦協定が九月八日に公表されてしまった結果である。そのためイタリアは、従来通りにドイツ軍を味方とするファシズム勢力と、新たに連合軍を味方とする反ファシズム勢力に二分されることとなり、内戦状態に突入していった。パルチザンとはこうした混乱の中から、場合によってはかなり自然発生的に誕生してきた非軍隊的軍事組織だったのである。

ただし共産党系のパルチザンに関しては多少事情が違っていたというべきだろう。共産党系の活動家たちの多くは、終戦間際のイタリアの混乱を、レーニンのいわゆる革命的敗戦主義を、イタリアを舞台にして再現するための好機ととらえ、終戦後の共産主義政権の樹立を目指してファシズム勢力と戦っていたと考えられるからである。そのためにも彼らにとってパルチザン兵士たちの軍事組織化と政治教育は欠かせないものとなり、各戦闘部隊には「委員」が配属されることになった。一方、パルチザンとなった多くの若者たちにとって、こうした政治的展望は、祖国をファシストたちと彼らの背後にいたドイツ軍から解放しようとした彼らの愛国主義的な願望と必ずしも重なり合っていたわけではない。現にフェノーリオ自身も初めのころこそ一時期共産党系のパルチザン組織に属してはいたものの、その後は国王とバドーリオを支持する、いわば穏健派パルチザンの一員であった。こうしたいわば過激派パルチザンと穏健派パルチザンとの間の多少の対立と混乱は『パルチザン・ラウールの門出』のなかで少し触れられている。ファシストが黒シャツ、共産党系パルチザンが赤シャツを愛用していたのに反して、穏健派のパルチザンは青いスカーフを愛用していたので、ここに「赤と青」対「黒」の構図が生まれることになった。このことが理解されていないと、とりわけ『もうひとつの壁』などはよくわからないかもしれない。ちなみに共産党系パルチザンはみずからを「ガリバルディ隊」あるいは「ガリバルディーニ」と称しているが、これはもちろん、ガリバルディが組織した赤シャツ隊の色が、共産党系軍事組織を代表するのに相応しいと考えられた結果である。

最後にもうひとつだけ、気をつけていただきたいことがある。「共和国」という言葉は、進歩主義的・理想主義的な人々によって愛されてきた言葉であった。とりわけスペイン内戦においては、ジョージ・オーウェルをはじめ多くの人々が「共和国のために」スペイン革命勢力への支援を惜しまず、フランコ軍を相手に命がけの戦闘を繰り広げてきた。しかし、イタリアでは国王がムッソリーニを逮捕し、バドーリオが国王の名の下で軍事政権を成立させたため、その後ヒトラーによって救出されたムッソリーニがファシスト党の再建を宣言したとき、彼は同時に共和政の樹立を宣言し、ガルダ湖畔のサロに政権の座がおかれた国の名を「イタリア社会共和国」（通称「サロ共和国」）とした。そのため、スペインではファシスト的軍事勢力から守るべきものであった「共和国」が、イタリアではファシスト的軍事勢力そのものを代表する言葉になってしまったのである。ほぼ隣接する国のあいだで、同じ「共和国」という言葉が正反対の意味合いを有することになってしまったというのは、われわれ日本人にはわかりにくいことかもしれないので、くれぐれも注意していただきたいものと思っている。

二〇二一年四月

楠瀬正浩

著者略歴

ベッペ・フェノーリオ

1922年労働者階級の家庭に三人兄弟の長男として生まれる。1942年トリーノ大学文学部に入学。翌年徴兵され士官学校生として訓練を受ける。同年バドーリオ軍事政権が連合軍との停戦を宣言したのを機にアルバに帰郷した後、すぐにパルチザン部隊に加わる。家族とともにファシスト軍に捕まるが、アルバの司祭の介入により釈放。その後1946年春までパルチザンとしてファシスト軍と戦う。戦後再び大学に戻るが、執筆活動に専念するため中退。1947年ワイン会社に採用されるが、その間も執筆活動を継続。1960年ルチアーナ・ボンバルディと結婚、一女をもうける。長年にわたる過度の喫煙により喘息と肋膜炎を患い、1963年気管支癌により死去。享年41歳。『逆境』『麗しの春』『個人的な問題』など、パルチザン時代の体験をもとにした多くの作品を発表。イタリア文学におけるネオリアリズモの代表的作家と目されている。

訳者略歴

楠瀬正浩

1947年神奈川県に生まれる。1966年東京大学仏文科入学。1970年サンケイスカラシップによりパリ大学に給費留学。1979年仏政府給費留学生としてパリ大学に留学。1981年東京大学人文科仏語仏文学博士課程満期中退。その後、仏語、伊語の非常勤講師を務める。訳書にフランソワーズ・フュレ『幻想の過去』(バジリコ)、ベッペ・フェノーリオ『個人的な問題』(バジリコ)他。

アルバの二十三日

二〇二一年六月十日　第一版第一刷発行

著者……ベッペ・フェノーリオ
訳者……楠瀬正浩
発行人……長廻健太郎
発行所……バジリコ株式会社
〒一六二－〇〇五四
東京都新宿区河田町三－一五河田町ビル三F
電話：〇三－五三六三－五九二〇
FAX：〇三－五九一九－二四四二
ISBN978-4-86238-247-4
装幀……鈴木一誌
印刷製本……中央精版印刷株式会社